사랑이 반짝

사랑이 반짝

라라 쉬츠작 지음
전은경 옮김

라임

차 례

작은 완두콩 두 알

구스타프가 왜 구스타프라고 불리게 되었는지 정확하게 아는 사람은 아무도 없다. 그냥 언젠가부터 그렇게 불리기 시작했다. 구스타프는 이따금 엄마와 아빠조차 자기의 원래 이름을 기억하지 못할 거라고 생각했다. 구스타프는 열네 살 생일을 앞두고 있었다.

"야, 그건 그냥 가슴일 뿐이야!

사라 언니와 라모나 언니가 바닥에 벌렁 드러누워 깔깔댔다. 구스타프는 그제야 언니들에게 묻지 말걸, 하고 후회했지만 이미 늦은 뒤였다. 방금 전까지만 해도 두 사람은 지극히 일상적인 상태였다. 다시 말하면 깨어 있지도, 자고 있지도 않은 멍한 상태였다는 뜻이다. 이어폰으로 귓구멍을 틀어막고 눈을 반쯤 뜬 채 노래를 듣고 있었다. 언니들은 온종일 아이팟에 물방울처럼 매달려 살았다. 음악은 이어폰 줄을 통해 두 사람의 몸속에 들어가 생각의 강물로 부드럽게 넘어갔다. 구스타프 짐작대로라면 그 생각의 강에는 남사, 남사, 또 남자뿐일 것이다.

언니들은 구스타프가 쭈뼛대며 방으로 들어오는 걸 보고도 아무 반응이 없었다. 그냥 빤히 바라보기만 했다. 영원처럼 느껴지는 시간이 흐른 뒤, 라모나 언니가 귀에서 이어폰을 빼며 물었다.

"왜?"

그때 구스타프가 질문을 했다. 며칠 밤 동안 잠을 설치며 고민했던 그 질문을. 물론 부모님에게 물어볼 수도 있었지만, 두 사람은 일을 너무 크게 만든다는 문제가 있었다. 게다가 무슨 일이든 다 이해한다고, 조금도 불편하지 않다고 강조하곤 했는데, 그게 되레 구스타프를 불편하게 만들었다. 두 사람이 다 이해한다는 듯이 특유의 너그러운 표정을 지을 때면 온몸에 소름이 오글오글 돋았다.

"네가 화난 거, 우린 다 이해해!"

부모님이 좋아하는 말 중 하나였다. 하지만 구스타프는 엄마와 아빠가 자신이 화날 때마다 다 이해한다는 게 싫었다. 바로 그게 문제였다. 화가 날 때는 그냥 화가 난 채로 있는 게 좋으니까. 누군가의 이해나 인정은 필요하지 않았다.

부모님은 매사에 지나치게 이해심이 많았다. 정신적으로나 육체적으로나 가장 끔찍한 시기인 사춘기 한복판에 있는 언니들이랑은 완전히 달랐다.

"그렇게 걱정되면 한번 보여 줘 봐."

라모나 언니가 입술을 비죽거리며 웃었다.

구스타프는 망설이면서 티셔츠를 걷어 올렸다. 그런데 문득, 뭐든 이해한다는 엄마의 눈길이 차라리 지금 이 상황보다는 나았을지도 모른다는 생각이 들었다. 라모나 언니는 눈썹을 찌푸리며 몸을 앞으로 숙이고는 차가운 손가락으로 그곳을 우악스럽게 눌렀다. 구스타프는 찌르는 듯한 통증을 느꼈다. 그러자 사라 언니까지 합세해 라모나 언니보다 더 세게 그곳을 꾹 눌렀다.

"아야!"

구스타프는 비명을 지르며 티셔츠를 휙 내렸다. 어찌나 아픈지 눈물이 핑 돌았다.

"그 작은 완두콩이 뭐? 유방암이면 어쩌냐고?"

라모나 언니가 어깨를 떨며 웃기 시작했다.

"농담하는 거지? 엄마와 아빠가 아무 설명도 안 해 줬어? 젖꼭지가 살짝 튀어나온 걸 가지고 유방암이라고 생각하는 사람이 어디 있어! 도대체 가정 시간에 뭘 배운 거야?"

사라 언니도 숨을 헐떡거리며 웃었다.

구스타프는 이제 어떻게 해야 좋을지 머릿속으로 궁리했다. 지금 바로 도망치거나, 아니면 여기에서 계속 언니들의 조롱을 받거나. 뒷걸음질로 방을 빠져나가려는 순간, 사라 언니가 새된 소리를 질렀다.

"가지 마!"

"그래, 다시 한번 보여 줘! 혹시 정말로…… .푸하하! 유방암인지,

아니면 작은 완두콩 두 개가 자라는 건지 확인해 보게."

라모나 언니는 이렇게 말하면서 웃느라 생긴 눈물을 손등으로 슬쩍 훔쳤다.

"농담하는 거 아니라고!"

구스타프가 항변하자 사라 언니가 슬며시 끼어들었다.

"아, 당연히 아니지."

구스타프는 계속 뒷걸음질을 쳤다.

"고작 열세 살에 유방암이라니!"

언니들은 다시금 허리를 꺾으며 웃음을 터뜨렸다.

구스타프는 그 틈을 타 언니들 방에서 나왔다. 그러고는 발뒤꿈치를 들고 복도를 지나 제일 끝에 있는 자기 방으로 살금살금 걸어갔다. 언니들이 왜 저렇게 큰 소리로 떠들며 웃는지 궁금해할 부모님과 맞닥뜨리고 싶지 않아서였다. 엄마와 아빠는 요즘 서로 다른 이유로 엄청나게 기분이 안 좋은 상태였다. 엄마는 일이 너무 많아서, 아빠는 일이 너무 없어서.

지나가는 길에 슬쩍 보니, 아빠는 서재의 책상 앞에 앉아 골똘히 생각에 잠겨 있었다. 아빠는 음악가들에 대한 특집 기사나 라디오 방송용 대본을 쓰는 프리랜서 작가인데, 반년 전부터 일을 구하지 못하고 있었다. 그때부터 지금 같은 '반(反)에릭 상태'에 빠지곤 했다. 집에 있지만 없는 상태, 어딘가를 보지만 아무것도 보지 못하는 상태…….

구스타프는 손이라도 흔들어 볼까, 하고 잠깐 망설였다. 아빠는 그것조차 알아보지 못할 게 뻔했다. 그때 엄마가 부엌에서 나와 복도로 들어섰다. 직장 동료와 영상 통화 중이었다. 집에서 야근을 할 모양이었다. 엄마는 원래 사회학자였는데, 지금은 꽤 큰 음료 회사에서 마케팅 업무를 맡고 있었다. 그래서 아빠는 종종 엄마가 적을 위해 일한다고 놀리듯이 말하곤 했다.

그럴 때면 엄마는 이렇게 대답했다.

"당신이 정기적으로 국내산 유기농 스테이크를 먹을 수 있게 해 주는 사람이 바로 그 적이야. 그리고 당신이 인체 공학적으로 만들어진 의자에 앉아 생각에 골몰하면서 인생의 절반을 음악에 매달릴 수 있게 해 주는 사람도 그 적이고."

"그럼 아빠 인생의 나머지 절반은 뭐예요?"

"너희 말썽쟁이들이지."

구스타프가 묻자 아빠가 대답했다. 아빠는 말썽쟁이라는 단어를 마치 사랑 고백처럼 달콤하게 말할 줄 알았다.

아빠는 이런 식의 대화 후에 입을 꾹 다물곤 했다. 그래서 구스타프는 음악과 인체 공학적인 의자에 대한 엄마의 언급이 아빠를 몹시 슬프게 만든다는 사실을 눈치챘다.

엄마가 복도에 선 채 아이패드에 대고 말했다.

"나도 그건 알아. 하지만 마감 시간까지 확실하게 상황을 전달해 주지 않으면 내 입장이 난처해진다는 거 알잖아."

엄마는 말을 하면서 시리얼 바를 한입 깨물어 먹었다. 먹기, 일하기, 잠자기, 친구들과 수다 떨기……. 엄마는 한 번에 여러 가지 일을 동시에 해내는 능력이 있었다.

그런 엄마를 두고 아빠는 이렇게 농담을 하곤 했다.

“너희 엄마는 멀티태스킹 그 이상을 하지. 혼자서 거의 모든 걸 하는 옴니태스킹 능력을 가졌달까?”

그럴 때면 엄마는 이렇게 반박했다.

“이건 지극히 정상이야. 너희 아빠야말로 도무지 시대에 맞지 않아. 디지털 시대의 고독한 아날로그 사용자니까.”

그런 다음에 두 사람은 서로를 물끄러미 바라보다가 키스를 했다. 그때마다 언니들은 그 빌어먹을 짓은 제발 침실에서나 하라고 천 번도 더 넘게 이야기했다.

하지만 엄마와 아빠는 요즘 키스는커녕 안방에서 함께 자지도 않았다. 엄마는 저녁 늦게 집에 돌아와 거실 소파에서 자는 날이 대부분이었다. 곰곰이 생각해 보니, 그런 식으로 지낸 지 상당히 오래되었다. 옴니와 아날로그에 대한 기억이 희미해질 정도로.

엄마가 복도에 멍하니 서 있는 구스타프를 바라보며 눈썹으로 신호를 보냈다. ‘거기서 뭐 해? 별일 없지? 숙제는 했니? 대답은 됐어. 엄마는 지금 회의 중이니까 말 걸지 마!’라는 뜻이었다. 엄마는 언제나 모순된 말을 동시에 하는 습관이 있었다. 구스타프가 뭐라고 대꾸하려 했지만 엄마는 이미 아이패드로 고개를 돌린 뒤였다.

“늦어도 다음 주 월요일까지는 결론을 내려야 한다고 네가 말 좀 잘해 줘. 나는 처리해야 할 일의 목록을 다시 살펴볼게.”

구스타프는 방으로 돌아와 문을 닫고 침대에 앉았다. 손으로 가슴을 살며시 만져 보았다. 언니들의 말마따나 가슴이 자라기 시작했다.

엄마와 아빠의 사춘기

엄마는 모두 함께 저녁 식사를 해야 한다고 고집을 부렸다. 구스타프는 의아한 생각이 들었다. 평소에 엄마는 가족들이 함께 밥 먹는 걸 전혀 중요하게 생각하는 사람이 아니었다.

작년 크리스마스 때 아빠는 스스로에게 핸디형 진공청소기를 선물했다. 엄마는 평소에 청소기를 끔찍해하는 편이었지만, 아빠가 그걸 들고 다니면서 자신의 흔적을 치우는 걸 굳이 반대하지는 않았다. 엄마는 저녁마다 소파 주위에 빵 부스러기를 마구 떨어뜨렸고, 누가 저녁 메뉴를 묻기라도 하면 제정신이 아니라는 듯한 눈길을 보냈다.

때로는 그런 눈길조차 생략한 채 아무 말 없이 부엌이나 아빠를 가리킬 때도 있었다. 그러면 아빠는 재빨리 부엌으로 가서 팬케이크를 구웠다.

사실 아빠는 구스타프가 아는 한 최고의 요리사였다. 하지만 엄마는 요리와 거리가 한참 멀었다. 엄마가 만든 팬케이크는 모래조차도 무시했다. 개는 뭐든지 먹는 잡식 동물인데도.

말하자면 집에서 주로 식사를 준비하는 사람은 아빠였는데, 오늘은 왠지 뭔가 달랐다. 엄마가 손수 완두콩을 삶고 콜라비를 잘라 식탁 위에 차려 두었던 것이다. 사라 언니는 포크로 완두콩 한 알을 찍더니 곧바로 웃음을 터뜨렸다.

"뭔가 연상되는걸."

사라 언니의 말에 라모나 언니도 따라 웃었다.

구스타프의 얼굴이 순식간에 빨개졌다. 엄마가 무슨 일이냐는 듯한 표정으로 언니들을 번갈아 보았다.

"뭐야? 나도 좀 같이 웃자."

아빠는 말없이 접시만 노려보았다. 가족들이 얼추 식사를 마쳤을 무렵, 엄마가 진지한 표정으로 입을 열었다.

"잠깐 할 얘기가 있어."

갑자기 부엌에 저기압이 흐르면서 무거운 분위기가 퍼져 나갔다. 아빠는 여전히 접시를 노려보고 있었다. 라모나 언니와 사라 언니는 몸을 마구 비틀어 댔다. 두 사람은 적막감을 견디지 못했다. 그래서 음악에 매달려 있을 때를 제외하고는 투덜거림을 멈추지 않았다. 끝없이 한탄하고 불평했다.

이런저런 남자들에 대해 감탄하거나, 아니면 죽일 듯이 혹평할 때만 잠깐씩 투덜거림을 멈추었다. 두 사람의 기분이나 판단은 정작 그

당사자인 남자와 아무 연관이 없었다. 오히려 날씨나 생리일과 더 관련이 많아 보였다. 언니들은 어떤 일이든 상관없이 툭하면 생리일이라는 핑계를 댔다.

“무슨 이야긴데요? 꼭 지금 해야 돼요?”

사라 언니가 퉁명스럽게 물었다.

“그래, 아빠와 내가 너희에게 해야 할 말이 있어.”

엄마가 옆구리를 툭 치자 아빠가 고개를 번뜩 들었다. 금방이라도 눈물을 쏟을 것 같은 표정이었다. 엄마는 아빠가 도와주기를 바라는 듯했지만 그다지 쉽지 않아 보였다. 아빠는 아무 말 없이 앉아 있었다. 사라 언니가 엄마를 머리끝부터 발끝까지 한 번 훑더니 버럭 화를 냈다.

“정말 구역질 나. 혹시 임신한 거예요? 그러기에는 나이가 너무 많다는 생각이 들지 않으세요?”

사라 언니가 혐오스럽다는 표정으로 인상을 팍 찌푸렸다.

엄마는 그 말을 무시하고 아빠의 어깨를 톡톡 두드렸다. 하지만 아빠는 여전히 말이 없었다. 엄마는 한숨을 푹 내쉬고 어깨를 쭉 편 뒤 천천히 입을 뗐다.

“너희 아빠와 나는 거리가 좀 필요해.”

“엥?”

“뭐라고요?”

그제서야 라모나 언니가 관심을 보였다.

“아빠와 거리를 좀 둬야 할 것 같아. 아무렇지 않게 예전처럼 지내는 게 힘들어졌어."

엄마가 옆구리를 푹 찌르자 아빠가 마지못해 입을 열었다.

"그래, 그렇단다."

라모나 언니가 소리쳤다.

"그러니까 헤어진다는 얘기예요?"

사라 언니도 거들었다.

"두 분, 갑자기 그래도 돼요?"

엄마가 눈을 둥그렇게 뜨고 되물었다.

"그게 무슨 소리니?"

"아직 미성년자인 저희의 동의 없이 헤어져도 되냐고요. 그래도 되는 거예요?"

언니들이 엄마 아빠와 입씨름을 벌이는 동안, 구스타프는 아무 말도 하지 않았다.

"흥분하지 마. 헤어진다거나 집을 나간다고 하진 않았어. 우린 그저 떨어져서 각자의 시간을 보낼 필요가 있다는 얘길 하는 거야."

엄마가 별일 아니라는 듯한 말투로 간단하게 말했다.

"그래서 유감스럽게도…… 올해는 덴마크 여행을 갈 수가 없어. 여행을 가면 아주 좁은 공간에서 함께 지내야 하는데, 그건 지금 엄마와 아빠에게 가장 어려운 일이니까."

덴마크 여행을 취소한다니! 그건 크리스마스가 없다고 발표하는 거나 마찬가지였다. 구스타프가 기억하기론 덴마크에 가지 않은 해는 단 한 번도 없었다. 바닷가에 붙어 있는 캠핑장, 파도 소리를 들으며 스르르 빠져드는 잠, 아무리 먹어도 질리지 않는 감초 과자, 저녁에 캠핑카 앞에서 하는 보드게임, 맥주 한 잔을 마시고 킥킥 웃으며 추억을 더듬는 엄마와 아빠……. 덴마크와 여름은 늘 함께였다. 어느 한쪽이 없는 상황을 상상하기란 거의 불가능했다.

구스타프는 엄마와 아빠를 번갈아 바라보며 이 모든 게 농담이 아닐까, 하고 생각했다. 부모라는 사람들은 자기들끼리만 재미있는 농담을 주고받는 데 탁월한 재능이 있으니까. 하지만 돌아가는 분위기를 보아하니 농담은 아닌 듯했다. 두 사람은 눈길을 주고받긴 했지만 전혀 웃지 않았다.

라모나 언니가 다시 입을 열었다.

"저희도 이제 이혼 가정의 대열에 끼게 되는 건가요?"

"그럼 손해 배상, 뭐 그런 걸 받게 되나요? 여행을 가지 않는 대신 용돈 같은 걸 받을 수 있는지 궁금해서요."

사라 언니가 이렇게 묻자 엄마가 어리둥절한 표정을 지었다.

"도대체 왜 그런 생각을 하는지 모르겠구나. 캠핑카 예약은 취소할 수가 없어. 속상하지만 약관이 그렇다니까 어쩔 수 없지. 여행을 가지 않는다고 해서 펑펑 쓸 돈이 생겼다고 생각하지 마. 너희도 알다시피, 아빠는 지난 한 해 동안 거의 돈을 벌지 못했으니까."

"엄밀히 말하면 '반년' 동안이야."

아빠가 억울한 듯 항변하자 엄마가 알겠다는 듯이 손을 내저었다.

"그래, 지난 반년 동안 돈을 잘 벌지 못했지."

구스타프는 자리에서 벌떡 일어났다. 어디로든 도망치고 싶었다.

그대로 부엌을 나가려 하자 엄마가 구스타프의 팔을 붙잡아 끌어당겼다. 그러고는 머리를 꼭 끌어안았다.

엄마의 배가 머리에 폭신하게 닿았다. 엄마는 평소에 이렇게 살가운 행동을 하지 않는 편이었다. 구스타프는 어떻게 해야 할지 몰라서 잠자코 서 있었다. 공항 검색대에 서 있을 때와 비슷했다. 최대한 눈에 띄지 않으면서 행동을 조심해야 하는 상황이 그랬다.

엄마는 구스타프의 짧은 머리카락을 손으로 조심스럽게 쓰다듬었다. 땀으로 축축하게 젖은 엄마의 손이 살짝 떨렸다. 엄마는 구스타프의 머리를 배 쪽으로 바싹 끌어당기고는 바깥쪽에 있는 오른쪽 귀를 손으로 막았다. 그래서 구스타프는 엄마가 하는 말을 절반밖에 듣지 못했다.

슬프다, 솔직하게 말한 거다, 그래도 우리는 언제나 한 가족이다……. 구스타프는 손으로 귀를 막으면 아무것도 들리지 않는다고 말하려다가, 엄마가 하는 말이 그다지 중요한 것 같지 않아서 가만히 있었다.

잠시 후 엄마는 구스타프의 몸을 일으키고는 자기 눈을 똑바로 바라볼 수 있게 돌려세웠다.

"약속해 주겠니?"

대체 무슨 약속을 해야 하는지 알 수가 없었다. 하지만 슬프다는 말, 그리고 언제나 한 가족이라는 말과 관련이 있는 것만은 분명했다. 그래서 그냥 고개를 끄덕였다. 엄마는 구스타프를 꽉 껴안고 귓가에 요란하게 입을 맞춘 후에야 놓아주었다.

"둘이 심각한 것 같아?"

구스타프는 라모나 언니의 방 앞을 지나가다가 사라 언니의 목소리를 듣고 그 자리에 멈춰 섰다.

"그냥 '중년의 위기'지, 뭐. 저 나이에는 지극히 정상적인 현상이야. 부모들이 일시적으로 앓는 뇌 질환 같은 거라고 생각하면 돼. 정신적인 감기 말이야. 다 지나가게 되어 있어."

라모나 언니는 모든 일에 전문가였다. 그만큼 아는 게 많았다. 그러니까 이런 걸 '중년의 위기'라고 하는 거구나. 엄마와 아빠가 아파서 싸운 거라면 조금은 이해할 수 있을 듯했다. 구스타프는 마음을 놓고 방으로 돌아갔다. 곧장 인터넷에 접속해 '중년의 위기'를 검색했다.

'중년의 위기'란 중년에 들어선 사람들이 불안, 걱정 등을 경험하는, 심리적으로 불안정한 상태를 의미한다. 일반적으로 40세에서 50세 사이에 나타나며, 내적인 불안, 불만, 기분 변화 등을 겪는다.

"그러니까 엄마랑 아빠의 사춘기구나."

구스타프는 한숨을 내쉬었다. 이 집에서 불안과 불만, 기분 변화를 겪는 사람은 언니들만으로도 충분한데, 이제 엄마와 아빠마저 가세를 하다니! 물론 그동안 엄마와 아빠 사이가 마냥 좋다고 생각하지는 않았다. 지난 몇 주째 저녁마다 다퉜으니까. 마요르카에 사는 엄마의 절친인 마렌 아줌마가 많이 아프면서부터, 엄마는 인생을 '제대로' 살아야 한다고 입버릇처럼 말하곤 했다. 아빠와는 도무지 그렇게 살 수가 없다면서.

"에릭, 당신은 지나치게 경직된 데다 뻣뻣해. 나는 다시 춤을 추고 싶다고!"

급기야 엄마는 어제저녁에 이렇게 고함을 질렀다.

"그게 뭐가 어려워? 나랑 같이 춤추러 가."

아빠가 다급하게 대꾸하자 엄마가 다시 목소리를 높였다.

"춤을 춘다는 건 비유야! 당신은 유연하지가 못해. 나는 돌멩이와 사는 기분이란 말이야!"

구스타프는 계속 귀를 기울였지만, 아빠 목소리는 더 이상 들리지 않았다. 엄마가 안방 문을 휙 열어젖히고 나가서 부엌문을 세차게 여닫는 소리만 들려올 뿐이었다.

어제의 일을 천천히 곱씹는데, 침대 옆 바닥에 누워 코를 골며 자던 모래가 요란하게 방귀를 뀌었다. 모래는 이 집에서 가장 나이가 많았다. 그만큼 현명했다. 키는 구스타프의 무릎까지 오고, 털 색깔은 당연히 모래색이었다. 순종 티베탄 테리어인지, 아니면 다른 종이 섞인 잡종인지는 아무도 알지 못했다. 하지만 그건 조금도 중요하지 않았다. 모래는 다른 개들과 엄연히 다르고 특별했으니까.

모래는 이제 열여섯 살이 되었다. 사람 나이로 계산하면 이미 백 살이 넘었다. 그래서 그런지 깊은 잠을 자면서도 구스타프의 말을 알아들었다. 나이가 많아서 거의 하루 종일 잠에 취해 있었지만, 둘이 소통하는 데는 전혀 문제가 없었다. 구스타프는 들척지근한 방귀 냄새를 피해 모래의 털에 코를 묻었다. 달큼한 개털 냄새가 풍겨 왔다. 이 냄새는 구스타프가 기억하는 한 늘 함께였다. 구스타프는 마음을 가라앉히려고 크게 심호흡을 했다.

엄마와 아빠는 모래가 너무 늙어서 곧 죽을 거라고 했다. 모래는 구스타프가 태어나기도 전부터 살았으니까. 구스타프가 아주 어릴 때, 모래가 부드러운 혀로 얼굴을 핥으며 이렇게 말했다.

'걱정하지 마. 내가 너를 돌봐 줄게.'

그 이후 모래의 개털 냄새와 따뜻한 입김은 내내 함께했다. 구스타프에게 이 냄새는 집을 의미했다. 모래가 없는 삶은 생각조차 할 수가 없었다. 그래서 다른 사람들이 뭐라고 하든 말든 구스타프의 상상 속에서 모래는 불멸의 존재였다.

아빠와 엄마에게 거리가 필요하다는 말이 무슨 뜻인지 모래는 알까? 또 가슴이 생긴다는 게 무슨 뜻인지는 알까?

"모래야, 너 그거 알아?"

구스타프가 모래의 털을 부드럽게 쓰다듬었다.

"나……, 가슴이 자라기 시작했어."

모래는 자면서 경련을 일으키듯이 다리를 움찔했다. 기름칠을 하지 않은 낡은 기차의 객실 문처럼 삐거덕 소리가 났다.

구스타프는 곰곰 생각에 잠겼다. 나도 사춘기를 겪게 되겠지. 얼마 남지 않았어. 몇 주 후에는 매니큐어 냄새와 남자아이들에 대한 생각이 머릿속을 온통 뒤덮을지도.

하지만 한 가지는 확실했다. 절대로 사랑에 빠지지는 않을 작정이었다. 구스타프는 이런 결심을 하며 잠이 들었다.

괴짜 전학생

매주 수요일 아침에는 구스타프와 아빠 둘뿐이었다. 언니들은 일찌감치 학교에 갔고, 엄마도 다른 날보다 출근을 빨리 했다. 그런데 이상하게도 오늘은 아빠가 보이지 않았다. 구스타프는 안방 문이 닫혀 있는 걸 보고서야 마음이 놓였다. 아빠를 깨우지 않기 위해서 발뒤꿈치를 들고 복도를 살금살금 걸었다. 중년의 위기를 겪는 아빠들은 일찍 일어나는 걸 좋아하지 않을 테니까.

평소에 아빠는 아픈 사람에게는 많은 사랑과 깊은 잠, 두 가지가 필요하다고 말하곤 했다. 아빠가 좀 더 맑은 정신을 유지해서 '반에릭 상태'에 덜 빠진다면, 엄마도 아빠와 거리 두는 문제를 다시 생각해 볼지도 몰랐다. 일단 마음먹은 일은 반드시 지키는 아빠와 달리, 엄마는 매일같이 결심을 바꾸니까.

구스타프는 코코아와 콘프레이크를 먹은 뒤 욕실로 가서 이를 닦았다. 완두콩 때문인지 아침부터 기분이 별로였다. 덴마크 여행이 취소된 일까지 떠올리자 기분이 너무나 칙칙해졌다. 이른 아침부터 그런 기분에 잡아먹힐까 봐 두려움이 스멀스멀 피어올랐다. 여름 방학 때 바닷가로 여행을 떠날 가능성이 사라지다니…….

두 손바닥 가득 차가운 물을 받아 얼굴을 적셨다. 그래도 어제저녁에 대한 생각은 쉽사리 씻겨 내려가지 않았다. 그때 복도에서 모래가 짖는 소리가 들려왔다.

"쉿! 아빠 깨겠어."

모래는 분명히 안방 문 앞에 서서 30분 넘게 으르렁거리다가 짖기 시작했을 것이다. 사실 녀석이 작년부터 좀 이상해졌다. 구스타프는 모래가 조금 달라졌을 뿐이라고 주장했지만, 엄마와 아빠는 나이를 많이 먹어서 정신이 혼란스러운 거라고 했다. 수의사 선생님 말로는 모래가 치매라나 뭐라나.

모래는 몇 시간 동안 벽이나 문을 노려보는 일이 점점 잦아졌다. 이따금 짖고, 종종 으르렁거리고, 가끔씩 멍하니 서 있기도 했다. 다리에 힘이 풀려 쓰러질 정도로 오래 서 있을 때도 있었다. 구스타프는 모래가 아빠의 '반에릭 상태'와 비슷하다고 생각했다. 모래의 몸은 집에 있지만 생각은 멀리 다른 곳에 가 있는 모양이었다. 그럴 때 누군가 방해하면 모래는 아주 많이 화를 냈다.

조금 전에도 그랬다. 구스타프가 달래려고 과자를 내밀자, 모래는 화가 나서 짖으며 물려고 덤볐다. 그러다가 뒤늦게 그게 구스타프의 손이라는 것과 그 손이 자기가 좋아하는 뭔가를 내민다는 것을 퍼뜩 깨달았다. 그제야 모래는 꼬리를 살랑살랑 흔들며 과자를 덥석 물었다. 그러고는 흡족해하며 입을 쩝쩝거렸다.

구스타프가 교실에 도착해 가장 먼저 본 것은 절친 아니나의 엉덩이였다. 구스타프는 미래에 누군가와 영원히 함께한다면 그 상대는 틀림없이 아니나일 거라고 생각했다. 그 애 말고 그 누구에게도 영원한 사랑 어쩌고 하는 약속을 할 수 없을 것만 같았다. 물론 모래는 예외지만. 그만큼 구스타프에게 아니나는 소중한 친구였다.

아니나는 무척 재미있고 엄청나게 똑똑했다. 모래와 더불어 비밀을 지키는 데 고수라서 전적으로 신뢰했다. 게다가 트림을 아주 잘했다. 완벽한 트림의 대가였다. 인터넷 유튜브에서 트림 클립으로 상당히 높은 조회 수를 기록하고 있으니까, 어느 정도는 유명 인사라고도 할 수 있었다.

그런데 몇 주 전에 옆 반의 제임스가 아니나를 좋아한다는 사실이 밝혀졌다. 게다가 파울라까지 아니나를 꾀느라 열을 올리기 시작했다. 파울라는 학교에서 인기가 매우 높았다. 긴 머리카락을 풀어헤치면 여자아이들은 미친 듯이 비명을 질러 댔고, 남자아이들은 무더기로 혼수상태에 빠져 버렸다.

파울라는 자기가 사랑 냄새를 기막히게 맡을 수 있다고 우기면서, 아니나와 제임스가 엄청나게 달달한 커플이 될 거라고 주장하고 다녔다. 그러면서 불빛을 좇는 나방처럼 아니나의 주위를 끈질기게 맴돌았다.

구스타프는 이 상황이 치가 떨리게 싫었다. 제임스에 관한 온갖 수다와 파울라의 끈적끈적한 바닐라 향 악취 제거제 냄새만으로도 지겨워 미칠 지경이었다. 그런데 이번 방학 때 아니나와 파울라가 같은 캠핑장으로 여행을 간다는 소식이 들려왔다. 두 아이의 부모님이 수백만 개나 되는 캠핑장 중에서, 하필이면 프랑스 뒨뒤필라에 있는 캠핑장을 똑같이 여름 휴가지로 고르게 되었다나? 이런 일이 어떻게 가능하지?

방학 동안 꼼짝없이 파울라와 지내게 된 아니나가 한숨을 폭 내쉬었다.

"구스타프, 파울라가 남자아이들을 얼마나 많이 끌어들일지 상상해 봐! 상상만 해도 끔찍해."

그렇게 말하는 아니나의 얼굴이 어째선지 무지무지 반짝거렸다. 아니나에게는 어느 순간부터 구스타프가 알지 못하는, 그러니까 뭔가 이상하게 안절부절못하는 듯한 느낌의 반짝임이 생겼다. 이런 반짝임은 남자아이들 이야기를 할 때마다 어김없이 나타났다. 특히 제임스 이야기를 할 때면 더 강하게!

예전에는 둘이 같이 트림하는 영상을 찍거나, 너무 웃어서 바지에 오줌을 쌀 정도쯤 되어야 그런 반짝임이 보였다. 그런데 요즘은 그런 경우가 거의 없었다. 구스타프는 아니나가 남자아이들 때문에 반짝이는 일이 많아질수록, 자기와 함께 반짝이는 일이 줄어든다는 느낌을 받았다.

그날 아침에도 아니나는 파울라의 책상 앞에 서서 휴대폰 플래시를 켜고선 파울라의 얼굴을 비추고 있었다. 아니나는 구스타프가 교실 바닥에 요란한 소리를 내며 책가방을 내려놓자, 그제야 휴대폰을 슬그머니 내렸다. 그러고는 비난하듯이 쏘아보는 구스타프의 눈길을 슬쩍 피했다.

"여드름이 났어. 나, 지금 사춘기를 심각하게 겪는 중이야."

파울라는 무슨 상이라도 받은 것처럼 자랑스러운 듯이 말하더니, 구스타프에게 비스킷을 내밀었다.

"난 이제 이런 거 먹으면 안 돼. 프랑스에 가서 비키니를 입어야 하니까."

구스타프가 비스킷 봉지를 건네자 아니나는 고개를 저었다.

"너도 비키니 때문이야?"

구스타프가 묻자 아니나 얼굴이 새빨개졌다. 구스타프는 비스킷 세 개를 한입에 털어 넣고는 입을 벌린 채 우악스럽게 씹어 먹었다. 그걸 보고 파울라가 구역질 난다는 표정으로 쓴웃음을 지었다.

"네가 정말 부러워. 난 먹는 것에 언제나 신경을 써야 하거든."

구스타프는 하마터면 파울라에게 비스킷 가루를 뿜을 뻔했다.

"내가 부럽다고? 우리 엄마랑 아빠는 서로 떨어져 지낼 시간이 필요하다는데……. 그래도 부러워?"

구스타프는 이 놀라운 소식을 이렇듯 아무렇지도 않은 듯이 태연하게 발표하는 스스로에게 좀 놀랐다. 마치 아무 일 아니라는 듯이. 사실은 당장이라도 울음을 터뜨릴 것만 같은 기분이었다. 하지만 끝내

울지는 않았다. 파울라 앞에서 우는 건 절대로 하고 싶지 않은 일이었으니까.

"너희 엄마와 아빠가 헤어진다고?"

아니나가 깜짝 놀라 물었다.

구스타프는 고개를 끄덕이며 죽처럼 찐득해진 비스킷을 천천히 목구멍으로 넘겼다. 그러고는 다시 세 개를 집어 입에 욱여넣었다.

"그냥 임시로."

아니나가 위로하듯이 구스타프의 다리 위에 손을 올렸다.

"그게 어떤 건지 나도 잘 알아."

파울라의 얼굴에 의기양양한 미소가 떠올랐다.

파울라는 진공청소기 같은 아이였다. 어떤 정보든 죄다 빨아들인 뒤 숨을 내쉴 때마다 살을 붙였다. 그리고 확신에 찬 목소리로 비열한 말을 내뱉었다. 모든 상황을 자기 것으로 만드는 재주가 있었다. 구스타프가 지금 '나, 어제 공룡이랑 결혼했어!'라고 말하더라도, 파울라는 망설임 없이 '나도 알아! 나도 얼마 전에 그랬거든!'이라고 대답할 애였다.

"우리 집도 그랬거든."

파울라가 시큰둥한 목소리로 말했다. 구스타프의 예상은 한 치도 빗나가지 않았다.

"우리 아빠는 금세 새 여자를 만나서 재혼했어. 아기도 태어났지. 모든 게 순식간에 벌어지더라. 아빠는 그렇게 내 곁에서 사라졌어."

구스타프는 속이 메슥거렸다.

"우리 집은 좀 달라. 아빠와 엄마는 중년의 위기에 처한 거야."

아니나가 어리벙벙한 표정으로 구스타프를 바라보았다.

"어른들이 겪는 사춘기지. 마음에 감기가 살짝 걸린 거랑 비슷하달까?"

구스타프가 덧붙였지만 아니나는 여전히 무슨 말인지 알아듣지 못했다.

그 순간, 다행스럽게도 글링카 선생님이 교실로 들어왔다.

"얘들아, 안녕!"

아이들이 서둘러 자기 자리로 뛰어가 앉았다. 글링카 선생님은 나이가 꽤 많았는데, 화가 나면 얼굴이 번들거려서 반짝이라는 별명이 있었다. 그런데 선생님이 오늘은 혼자가 아니었다. 누군가 선생님 옆에서 아랫입술을 잘근잘근 깨물고 있었다. 그 아이는 키가 작고 바짝 마른 데다 머리카락이 어깨까지 올 정도로 길었다. 게다가 반짝이 레깅스에 헝겊 운동화, 알록달록한 별이 그려진 티셔츠 차림이었다. 새파란 눈동자로 교실을 둘러보면서 초조한 듯이 연방 발을 꼼지락거렸다.

선생님은 교실이 조용해질 때까지 잠시 기다렸다.

"우리 반에 전학생이 왔어. 이름은 문이야. 여름 방학이 끝난 뒤 새 학기부터 우리와 함께 공부할 거야."

그때 나지막하게 구시렁거리는 소리가 새어 나왔다.

"근데 쟤 남자야, 여자야?"

선생님의 매서운 눈길이 맨 끝줄에 앉은 찰리를 쏘아보았다.

"나는 남자고 이름은 문이야. '달'이라는 뜻의 영어 단어 알지? 그거

랑 똑같아."

문의 목소리는 까슬까슬했는데 왠지 듣기가 좋았다.

"문은 친구들 얼굴을 미리 익히려고 오늘 일부러 이렇게 온 거야. 하루 종일 함께 있을 거니까 잘 챙겨 줘."

그러고 나서 선생님은 문에게 어쩌다 전학을 오게 되었는지 물었다. 문은 어깨를 으쓱하고는 입을 꾹 다물어 버렸다. 선생님은 제일 앞줄의 빈자리를 가리키며 문의 등을 부드럽게 밀었다.

"자, 수업 시작해야지. 모두 국어 교과서 꺼내."

아이들은 한숨을 쉬며 책을 꺼냈다. 옆 반은 방학을 앞둔 마지막 날인 만큼 공부는 제쳐 두고 간식을 먹으면서 놀 계획이라고 했다. 그런데 반짝이 선생님은 오늘 같은 날마저 수업을 끝까지 하겠다고 고집했다. 문은 작은 수첩을 꺼내 연필로 뭔가를 끼적이기 시작했다.

선생님이 숙제 검사를 하는 동안, 아니나가 구스타프 귀에 대고 나직이 속삭였다. 파울라랑 어울리는 게 지루하다나 어떻다나. 방학 때 파울라와 함께 지내야 해서 어쩔 수 없이 친한 척하는 거라면서. 제임스와 얽힌 일도 사실은 별거 아니라는 식으로 변명하듯이 말했다. 구스타프는 화가 나서 아무 대꾸도 하지 않은 채 그저 듣기만 했다. 그러자 아니나는 어쩔 줄 몰라 하며 안절부절못했다.

구스타프는 문이 무척 독특하다는 생각이 들었다. 반짝이 레깅스에 별 무늬 티셔츠를 입은 데다 머리카락까지 긴 남자아이라니! 그동안 문은 주변에서 이런저런 소리를 꽤 많이 들었을 터였다. 구스타프도 이미 경험한 일이었다. '넌 왜 원피스가 싫어?' 또는 '블라우스를 입으면 좀 더 여성스럽잖아!' 따위의 말……. 구스타프가 머리카락을 짧게 자르고 다니면서 듣게 되는 말들이었다. 바로 얼마 전에 턱까지 오던 머리카락을 아주 짧게 잘랐다.

구스타프는 원피스보다 반바지가, 그리고 블라우스보다 티셔츠가 더 좋았다. 그렇다고 해서 그런 말을 들을 이유는 전혀 없다는 생각이 들었다.

구스타프는 전학생을 물끄러미 바라보았다. 남자아이가 저렇듯 여자아이처럼 걸치고 다니려면 정신세계가 진짜 독특해야 하지 않을까? 게다가 이름조차 문이라니!

그때 문이 자신을 뚫어져라 지켜보는 눈길을 의식했는지 뒤를 휙 돌아보았다. 구스타프는 얼른 눈길을 돌렸다.

드디어 종업식을 하는 3교시가 되었다. 선생님이 성적표를 나눠 주자, 아이들은 방학을 맞이하는 기쁨을 주체하지 못하고 마구 떠들어 댔다. 웅성거림이 교실을 가득 채웠다. 구스타프는 성적표를 가방에 대충 쑤셔 넣었다.

어느 사이에 선생님의 뺨도 발갛게 상기되어 있었다. 방학 동안의 여유와 느긋한 책 읽기, 그리고 늦잠……. 이런 걸 떠올리고 있는 게 분명했다.

"애들아, 방학 잘 보내!"

선생님 말씀이 끝나기가 무섭게 수업을 마치는 종이 울렸다.

잠시 후, 교실 문이 벌컥 열렸다. 옆 반 남자아이들이 문 앞에서 서

성거렸다. 제임스도 당연히 거기에 끼어 있었다. 아이들은 파울라의 손짓을 기다리며 잠시 문간에서 망설였다. 제임스는 오늘따라 더 멍청해 보였다. 스케이트보드를 꽉 움켜쥔 채 아니나 쪽을 몇 번이나 흘끔거렸다. 아니나는 새빨개진 얼굴로 교과서를 서둘러 챙겼다. 그러면서 구스타프에게 아무 말이나 되는 대로 늘어놓았다. 그저 자기를 바라보고 있는 제임스를 모르는 척하려고 그러는 것이었다. 아니, 어쩌면 구스타프가 아무것도 모른다고 생각하는지도.

"아니, 이리 좀 와 봐!"

파울라가 부르자 아니나가 고개를 돌렸다.

구스타프는 화가 훅 치밀었다. 아니나의 애칭을 부르다니?! 나 모르는 사이에 둘 사이에 뭔가 있었나?

아니나는 제임스 쪽으로는 눈길도 주지 않은 채 일부러 천천히 파울라에게 다가갔다. 아무래도 제임스가 자기를 보게 만들기 위한 작전인 듯했다. 파울라는 아니나의 어깨에 팔을 두르고서 함께 보낼 방학("완벽하게 우연이야!")과 캠핑장("엄청나게 큰 수영장이 있어."), 그리고 모래 언덕("완전 대박이지?") 이야기를 떠벌리느라 바빴다.

아니나는 평소와 달리 높고 날카로운 소리로 웃으며 손가락으로 자꾸만 머리카락을 쓸어 넘겼다. 제임스는 아니나를 계속 멍청하게 바라보기만 할 뿐, 말 한마디 제대로 건네지 못했다.

구스타프는 그 꼴을 가만히 보고 있기가 힘들었다. 사실, 오늘 아니나에게 완두콩 이야기를 할 생각이었다. 아니나도 가슴이 자라고 있는지 궁금했다. 얼마 전에 함께 수영을 하러 갔을 때에는 그런 기미가 보이지 않았다.

구스타프는 자리에서 벌떡 일어나, 자기 가방과 아니나 가방을 동시에 집어 들었다. 그러고는 아니나의 팔을 잡아끌었다. 자, 가자! 아니나는 아스팔트에 붙은 껌처럼 파울라와 남자아이들에게서 떨어지기 힘들어했다. 결국 온 힘을 다해 아니나를 떼어 내야 했다.

아니나는 계단을 내려가면서 구스타프의 손을 잡더니 은근한 목소리로 물었다.

"제임스 말이야, 좀 멋있지 않니?"

구스타프는 아니나의 손을 힘껏 뿌리치고는 한 번에 두 계단씩 내려갔다. 아무 말도 섞기 싫었다.

"구스타프, 말해 봐. 오늘 빨간 티셔츠 입은 모습이 정말 귀엽지 않았어?"

"몰라."

"아이, 왜 그래? 말 좀 해 봐!"

구스타프는 아니나의 말에 맞장구칠 기분이 아니었다. 안경 쓴 꼬마 거북이 제임스! 다른 남자아이들처럼 파울라의 머리카락 따위에 최면이 걸리는 제임스……. 그 애는 아니나에 대해 아무것도 몰랐다. 아니나가 무시무시한 이야기를 아주 잘한다는 것도, 웃느라 바지에 오줌을 지릴 때가 있다는 것도, 한번 화가 나면 며칠씩 삐친다는 것도, 그리고 늦은 오후에 이따금 아무 이유 없이 그냥 울 때가 있다는 것도.

제임스는 그저 아니나가 어깨를 드러내는 민소매 옷을 입어서, 머리카락 색깔이 마로니에 열매와 똑같아서, 웃을 때면 입술이 살짝 삐

뚫어져서 빤히 바라보는 건지도 모른다. 어쨌거나 구스타프 눈에는 제임스가 조금도 멋있거나 귀엽지 않았다.

구스타프는 아니나의 기분을 망치고 싶다는 생각이 불쑥 치솟았다.

"너희가 짝짓기에 열 올리는 모습 지켜보는 거 정말 토할 것 같아."

성공이었다. 아니나 얼굴이 금세 새빨개졌다.

하지만 구스타프는 바로 후회했다. 그때부터 아니나는 단 한 마디도 하지 않았다. 입을 꾹 다물고 땅바닥만 노려보는 건 아니나가 구스타프에게 주는 일종의 벌이었다. 구스타프는 보통 그럴 때 화가 났지만, 지금은 스스로에게 좀 짜증이 났다. 그러면서도 아니나가 자기랑 말을 섞지 않는 게 차라리 다행이라는 생각이 들었다. 안 그랬다면 사과를 해야 할 텐데, 뭐라고 말해야 할지 알 수 없었으니까.

카린 아줌마가 교문에서 아니나를 기다리고 있었다. 아줌마는 먼저 아니나에게, 그다음에는 구스타프에게 차례로 입을 맞추었다. 카린 아줌마는 중년의 위기와는 거리가 멀어 보였다. 율리아 아줌마와 함께 살고 있는데, 그 둘은 싸우는 일이 거의 없었다. 가족이 함께할 수 있는 새로운 일들을 늘 계획했다. 얼마 전에는 교외에 주말 농장을 마련해 과일과 채소와 꽃을 심었다.

"구스타프, 집까지 태워 줄까?"

카린 아줌마가 묻자 구스타프는 고개를 저었다. 사실 차에 타고 싶었지만, 그랬다가는 아줌마가 분위기가 이상하다는 걸 금방 눈치채고서 이것저것 캐물을 게 뻔했다. 아니나가 자기 때문에 기분이 상했다는 걸 아줌마가 알게 되는 것이 싫었다. 카린 아줌마는 구스타프를 좋아했다. 구스타프가 아니나에게 좋은 영향을 끼친다고 생각하고 있었다.

"구스타프, 덴마크 여행 갈 생각에 많이 설레지? 거긴 날씨가 아주 좋을 거야. 캠핑카로 달리면 얼마나 좋을까? 그게 진짜 모험이지!"

카린 아줌마의 목소리는 무척 멋진 저음이었다. 그런 목소리로 로켓을 쏘아 올리듯이 크고 빠르게 말했는데, 무엇보다 질문이 수없이 많았다. 그래서 대답을 하려면 아줌마의 불꽃이 식을 때까지 조금 기다려야 했다. 그러면서도 아줌마는 다른 사람의 말에 귀를 잘 기울이는 편이었다.

구스타프는 올해는 상황이 완전히 달라졌다고 말하고 싶었다. 엄마와 아빠가 더 이상 서로를 견디기가 힘들어 덴마크 여행을 취소했다는 걸. 그래서 여행이 사라져 버린 여름은 진짜 여름이 아니라고.

하지만 카린 아줌마에게 이 모든 것을 설명할 시간이 없었다. 아줌마와 아니나는 바로 율리아 아줌마의 직장으로 갔다가 함께 공항으로 가서 비행기를 탈 예정이었다. 그러고는 눈 깜짝할 사이에 바닷가에 도착하겠지.

"이번 여행은 정말 기대가 되는구나! 구스타프, 다음에는 너도 데리고 갈게."

카린 아줌마가 들뜬 목소리로 말했다.

잠시 후 두 사람은 자그마한 은색 자동차를 타고 주차장을 빠져나갔다. 아줌마는 도로로 진입하기 전에 차창을 열고 팔을 내밀어 흔들면서 소리쳤다.

"우리 귀염둥이, 덴마크에서 재미있게 지내!"

아니나는 구스타프 쪽을 쳐다보지도 않았다. 당연히 손을 흔들지도 않았다. 그렇게 두 사람은 가 버렸다.

뜨거운 햇볕이 구스타프의 정수리에 내리쬐었다. 열기가 외로움으로 바뀌면서 구스타프의 몸 곳곳으로 번져 나갔다. 아니나와 카린 아줌마가 사라진 쪽을 바라보며 멍하니 서 있었다. 여럿이 짝을 지은 아이들이 요란하게 떠들며 구스타프 옆을 스쳐 지나갔다.

구스타프는 천천히 버스 정류장으로 향했다. 집으로 가는 버스에 올라타자 맨 뒷좌석에 앉아 있는 사라 언니와 라모나 언니가 보였다. 그제야 마음이 조금 가벼워졌다. 언니들은 구스타프가 중간에 끼여 앉을 수 있도록 말없이 떨어져 앉았다. 버스는 차로 꽉 막힌 도로를 슬로 모션처럼 느릿하게 지나갔다.

버스 안의 열기가 참기 어려웠는지 라모나 언니가 차창을 열었다. 바깥 공기는 숨이 막힐 정도로 뜨거웠다. 신호에 걸려 버스가 잠시 멈춰 섰을 때, 구스타프의 눈에 인도에 서 있는 전학생의 모습이 들어왔다. 2교시가 끝난 뒤 먼저 하교했는데 아직도 길거리를 서성이고 있다니……. 집에 일찍 갈 필요가 없는 모양이었다. 버스가 다시 움직이는 순간, 고개를 살짝 든 문과 구스타프의 눈이 서로 마주쳤다. 그러자 문이 가볍게 손을 흔들었다.

"반짝이 레깅스를 입은 저 난쟁이는 누구야?"

라모나 언니는 정말이지 하나도 놓치는 법이 없었다. 사라 언니가 문을 보려고 유리창에 이마를 꽉 붙였다.

"아는 애야?"

"우리 반에 새로 온 전학생이야."

"좀 특이한 애네."

언니들은 빛과 열기 때문에 나른한지 그 정도에서 그쳤다. 하지만 구스타프는 문이 완전히 보이지 않을 때까지 뒤쪽 유리창으로 바깥을 내다보았다.

집에 도착했을 때 모래는 햇볕이 내리쬐는 거실 한편에 누워 있었다. 구스타프를 보더니 고개를 들고 피곤한 듯이 눈을 깜박였다. 구스타프는 곧장 모래 옆으로 가서 누운 뒤 이렇게 속삭였다.

"모래야, 우린 한편이지?"

그러고는 모래의 왼쪽 귀 뒤쪽의 오목한 곳에 코를 묻었다. 그곳은 말할 수 없이 부드럽고 따뜻했다. 모래는 낮고 거친 숨을 내쉬더니 몇 분 후에 일어나 느릿느릿 복도로 걸어갔다.

가족여행 vs. 혼자 여행

방학이 시작되고 며칠은 영원히 지속되는 주말 같았다. 아무 계획이 없는 주말. 여름 방학과 함께 어른들의 휴가 시즌이 시작되자 도시는 사람들을 빗자루로 쓸어 낸 것처럼 텅 비어 버렸다. 집은 잠자는 동물처럼 무거운 열기 속에 잠자코 누워 있었다. 낮에는 열린 유리창 사이로 불어오는 바람에 커튼이 나른하게 흐느적거렸다. 그 외에는 아무것도 움직이지 않았다. 모래만 햇살에서 그늘로, 그늘에서 다시 햇살로 멍하니 오갈 뿐이었다.

라모나 언니와 사라 언니는 발코니를 휴가지로 선포하더니, 간식거리를 가지러 부엌으로 갈 때를 제외하곤 내내 그곳에 붙어 살았다. 부엌 조리대 위에는 전날 먹은 음식의 찌꺼기들이 모자이크를 이루었고, 음식 쓰레기통에서는 멜론과 복숭아 찌꺼기가 썩으면서 들큼한 냄새를 풍겼다.

렌트한 캠핑카는 집 앞에 그대로 세워져 있었다. 구스타프는 그 차를 볼 때면 비닉과 선크림 냄새가 풍겨 오는 듯했다. 엄마와 아빠 사이가 나쁘지 않았다면 지금쯤 뭘 하고 있을까? 거세게 몰아쳤다가 산산이 부서지는 파도 소리와 파도 거품이 모래밭에 스며들며 사르륵거리는 소리가 들려오는 것만 같았다. 북해의 모래밭이라고 생각하며 거실의 양탄자를 손으로 쓰다듬었다.

덴마크라고 늘 재미있었던 건 아니었다. 특히 비가 올 때면 젖은 신발 바닥부터 머리카락 끝까지 지루함이 스멀스멀 퍼졌다. 하지만 그런 지루함은 언제나 일시적이었다. 바깥에 해가 나면 물방울을 털어내듯이 지루함을 금방 떨쳐 버렸으니까. 하지만 집에서 느끼는 지루함은 걸쭉하고 끈질겨서 쉽사리 털어 버릴 수가 없었다.

이게 도대체 무슨 시간 낭비지? 아니나와 함께 몇 시간이고 트림을 연습할 수 있다면 얼마나 좋을까? 구스타프는 아니나에게 문자를 보내기로 마음먹었다. 그사이에 짝짓기라는 막말을 잊고 화가 풀렸을지도 몰랐다. 어쩌면 공항에서 이미 분노를 모두 떨쳐 냈을지도. 분노라는 건 여름에 간직하기에는 너무 무겁고 뜨거우니까. 그래서 용기를 내어 문자를 보냈다.

안녕? 모래 언덕은 어때? 누군가 벌써 파울라의 덫에 걸렸어? 여긴 네가 없으니까 너무너무 지루해.

그러나 문자를 보내자마자 절망감이 밀려들었다. 파울라와 아니나는 지금쯤 파도에 몸을 맡기고 있을 것이다. 바다와 햇살과 서퍼들의 눈길 사이를 번갈아 오가며 헤엄치는 인어 두 마리. 둘이 헤엄을 칠 때면 긴 꼬리지느러미로 바다에 '제임스'라는 이름을 쓰겠지. 아니나는 저녁 늦게야 텐트로 돌아와 휴대폰을 흘낏 볼 터였다. 이젠 옛 친구가 되어 버린 구스타프에게서 온 문자에 한숨을 짓고선 곧장 깊은 잠에 빠져들지도.

구스타프는 이런 상상을 하면서 휴대폰을 두 시간에 한 번씩만 확인하기로 결심했다. 아니나의 답장에만 목매고 있는 건 너무 비참했으니까.

아니나는 다섯 시간이 지나서야 파도 사진을 보내왔다.

안녕! 여기 무진장 좋아. 이곳의 모래 언덕은 정말 굉장해. :)

파울라 얘기는 단 한 마디도 없었다. 구스타프가 보고 싶다는 말도 없기는 매한가지였다.

그날, 부엌에서의 대화 이후 엄마와 아빠는 입을 꾹 다물었다. 적어도 중년의 위기라는 주제에 한해서는 그랬다. 엄마는 그 주제 외에는 폭포수처럼 말을 쏟아 냈고, 아빠는 다급한 질문에도 대꾸를 하지 않았다. '덴마크 여행'과 '거리 두기'라는 주제를 외면하기 위해서 선택한 방법인 듯했다.

어쨌든 엄마가 있는 안방에서 아빠가 있는 서재로 가려면 사막에서 출발해 북극까지 가는 기분이었다. 여행객은 모래와 구스타프뿐이었나. 북극과 사막이 괜히 멀리 떨어져 있는 게 아니었다. 그러니까 여행자가 한 곳에서 다른 곳으로 움직이는 데 시간이 아주 많이 걸리는 건 다 이유가 있는 법이었다.

그런데 이 좁은 집에서는 사정이 달랐다. 구스타프는 아빠의 싸늘한 침묵에서 출발한 뒤 엄마의 과열된 수다에 도착해서 순식간에 적응해야만 했다. 다행히 구스타프의 변신 능력은 카멜레온 못지않았다. 오랫동안 단련한 능력이었다. 그러나 엄마와 아빠, 두 당사자는 적응력이라곤 눈곱만큼도 없었다. 엄마가 뭔가 말하면 아빠는 아무것도 듣지 못한 척했다. 거꾸로 엄마는 아빠가 아무 말도 하지 않았는데도 이따금 아빠에게 "뭐라고?" 혹은 "뭐라고 했어?" 하고 물었다.

아빠는 느지막하게 일어나 책상 앞에서 시간을 보내다가 자정이 훨씬 지나서야 불을 껐다. 그에 반해 엄마는 일찍 잠자리에 들고 새벽같이 일어나 움직였다. 오늘은 아침부터 옷장 정리를 하느라고 바빴다. 옷을 손에 집히는 대로 죄다 꺼내어 방바닥에 던지고는 종류별로 쌓았다. 엄마는 이런 과정을 '풍경 탐사'라고 불렀다.

그러고는 발코니에 앉아서 커피를 마셨는데, 구스타프가 옆에 있다는 것을 불현듯이 깨닫고는 손짓해서 불렀다. 이따금 끈질긴 질문 공세를 퍼붓기도 했고, 그저 한숨을 내쉬며 구스타프의 머리를 쓰다듬기도 했다. 그러다가 불쑥 일어나 방으로 들어갔다. 정말 종잡을 수가 없었다.

"엄마, 어디 가요?"

"옷 정리하러."

"도와 드릴까요?"

구스타프와 엄마는 옷 무더기를 치우기 시작했다. 구스타프가 옷을 하나씩 건네면 엄마는 잠시 생각했다가 비장한 표정으로 옷장에 도로 넣었다. 결국 모든 게 예전과 똑같아졌다. 그저 엄마가 옷장을 보면서 뿌듯해한다는 점만 달랐다.

아빠와 엄마는 부엌에서조차 서로 스쳐 가며 따로 지냈다. 구스타프는 함께 이야기를 나누게 될지도 모른다는 희망을 품은 채 엄마가 올 때까지 부엌에 앉아 아빠와 이야기를 이어 나갔다. 하지만 이런 노력은 늘 실패로 끝났다. 두 사람은 손에서 빠져나가는 물고기들 같았다. 둘을 동시에 잡아 두는 건 둘째치고, 어느 한 쪽도 붙잡아 둘 수가 없었다.

아빠가 나른함에서 깨어나 부엌에서 제대로 된 요리를 할 때도 있긴 했다. 정확하게 말하면 엄마가 운동을 하러 나갔을 때만 그랬다. 그래서 구스타프는 엄마와 아빠가 만나지 않는 것이 우연이 아닐뿐더러, 엄마가 노련하게 계획해서 번갈아 가며 자리를 비우는 거라는 의심을 떨칠 수가 없었다.

모래는 더위 때문에 어쩔 줄 몰라 했다. 평소보다 더 자주, 복도 어딘가에 멈춰 선 채 문이나 벽을 보고 짖었다. 사라 언니와 라모나 언니가 문틈으로 머리를 내밀고 조용히 하라고 고함을 지를 때까지. 그러다 고함 소리에 깜짝 놀라 비틀거리다가 그대로 바닥에 드러누워 가만히 있었다.

날이 더워서 낮에는 산책을 아주 잠깐만 했다. 이른 아침, 그러니까 날이 아직 서늘할 때 엄마가 모래를 데리고 바깥으로 나갔고, 점심때는 오줌을 누이려고 구스타프가 뒷마당까지만 데리고 나갔다. 그래도 열기가 식은 저녁에는 조금 더 길게 산책을 했다. 그럴 때면 구스타프는 모래가 가장 좋아하는 장소에 데리고 갔다. 거리 맨 끝에 있는 담이었다. 아빠가 방화벽이라고 설명한 그곳은 낙서가 가득했다.

모래는 그곳에 갈 때마다 살짝 흥분했고, 평소보다 다리를 더 많이 떨었다. 벽과 바닥이 만나는 곳에 주둥이를 댄 채 벽을 따라 비틀비틀 걸었다. 그러고는 50센티미터마다 멈춰 서서 냄새를 킁킁 맡았다. 저녁 산책의 정점은 모래가 거의 쓰러지다시피 몸을 기대고 벽에다 오줌을 싸는 것이었다.

너무 늙어서 다른 개들이 본 척 만 척하는 상황에서, 이 벽은 모래가 이 부근에서 무슨 일이 벌어지는지 알아내고 자기 의견을 낼 수 있는 유일한 장소였다. 구스타프는 모래가 다른 개들이 남긴 소식을 냄새로 알아내는 동안, 벽에 새로 생긴 낙서가 있는지 살펴보았다.

방학한 뒤 처음 맞이한 주말, 아빠가 타코를 만들어 가족들을 부엌으로 불렀다. 웬일인지 엄마는 운동을 하러 가지 않았다. 구스타프는 의자에 나른하게 늘어져 있는 언니들을 보고 나무에서 추락한 나무늘보를 떠올렸다. 아빠는 타코와 콩, 옥수수, 각종 채소, 그리고 엄청나게 많은 양의 소스를 식탁 위에 하나씩 늘어놓았다. 모두 아무 말 없이 식사를 했다. 잠시 후 아빠가 헛기침을 한 뒤 입을 열었다.

"맛있니?"

언니들은 아빠와 눈도 마주치지 않고 고개만 끄덕였다.

"캠핑장에 다시 전화를 해 보니 아직 우리 자리가 남아 있대. 그러니 내일 당장 짐을 꾸려서 모레 출발할 수도 있어. 너희 엄마는 집에서 편하게 쉬라고 하고 우리끼리 떠나자. 가고 싶은 사람?"

바다, 아이스크림, 캠핑카에서 보내는 살랑거리는 여름밤……. 이 후덥지근한 집을 벗어날 수 있다니! 구스타프는 깊이 생각할 것도 없이 손을 번쩍 들었다.

"저요!"

하지만 구스타프뿐이었다. 언니들은 아빠의 시선을 피했다.

"전 별로요."

"집에서 지내는 것도 괜찮아요."

"하지만 하루 종일 집 안 여기저기를 돌아다니면서 지루하다는 말을 입에 달고 있잖니?"

"덴마크도 여기보다 나을 건 없어요."

언니들의 부정적인 반응에도 아빠는 의견을 굽히지 않았다.

"그 말은 못 믿겠는걸. 작년까지만 해도 덴마크 여행을 아주 좋아했잖아. 바다를 생각해 봐!"

그때 엄마가 불쑥 끼어들었다.

"저녁 해변에서의 댄스파티, 그거 좋아했잖아?"

엄마와 아빠는 희망에 찬 눈길로 언니들의 저항을 녹이려고 모처럼 의견 일치를 보였다.

"아, 두 분이 다시 한마음이 됐네요!"

라모나 언니가 퉁명스럽게 말하고는 잠시 숨을 고른 뒤 또박또박 대답했다.

"아무리 그래도 우리 대답은 '안 가요'예요!"

그러자 사라 언니도 덧붙였다.

"우린 레오의 파티에 갈 거예요."

"레오의 파티라니?"

엄마가 황당한 표정을 지으며 되물었다. 그러자 라모나 언니가 대답했다.

"올해 예정된 최고의 파티인데, 이미 가겠다고 말했어요."

잠시 후, 사라 언니가 몇 마디 덧붙였다.

"무엇보다 여행을 취소한 사람은 두 분이잖아요. 그러니 이제 와서 강요하지 마세요. 우린 엄마 아빠가 벌인 이 비극적인 드라마의 희생양이라고요. 이게 정말 안 좋은 상황으로 번진다면, 우린 나중에 정말 큰 피해를 입는 거고요."

언니들의 말에 엄마는 신음을 내뱉었고, 아빠는 한숨을 푹 내쉬었다.

"그래, 알았어."

모두 입을 다물었다. 엄마는 식탁을 노려보았고, 아빠는 창밖을 내다보았다. 아빠가 곧장 '반에릭 상태'에 빠져드는 걸 보자, 구스타프는 눈물이 차올랐다. 언니들은 어쩌면 저렇게 이기적인지! 지금은 아빠를 다시 춤추게 하는 게 중요한데……. 물론 비유적인 의미로 말이다. 아빠가 춤출 줄 안다는 걸 엄마가 볼 수 있게.

"아빠, 저랑 둘이서 가요!"

명중이었다. 구스타프의 말에 아빠가 몸을 움찔했다. 그 말은 아빠라는 시스템을 재가동하는 에너지였다. 아빠가 활기차게 대답했다.

"좋아, 우리 둘이 떠나자! 둘만의 탐험 여행을 하는 거야."

아빠가 자랑스러운 눈길로 구스타프를 바라보았다.

하지만 엄마는 생각이 다른지, 불안한 표정으로 몸을 이리저리 들썩였다.

"나한테도 발언권이 있을 텐데……."

아빠는 무슨 말이냐는 듯한 표정으로 엄마를 바라보았다.

"절충안도 없이 혼자 위대한 영웅인 척하지 말라고."

엄마의 말에 아빠는 살짝 화가 난 것 같았다.

"캠핑장 예약은 이미 되어 있던 거잖아. 그리고 당신은 이제 아무 상관도 없고 말이야. 거리 두기를 원한 사람이 바로 당신이니까."

"상관이 왜 없어? 사라와 라모나 둘만 집에 있는 건 내가 싫다고."

"둘만 있다니? 당신도 여기에 있을 거잖아."

"아니, 없어!"

엄마가 날카롭게 대답했다. 그러고는 도저히 가만히 있을 수가 없는지 엉덩이를 연신 들썩였다.

"마렌이 지금 몸이 좋지 않아서 내가 옆에 있어 줘야 해. 비행기 표가 비싸서 네 명의 요금은 감당이 안 돼. 그리고 너희에게는 그곳이 별로 재미있지도 않을 거야. 산골이니까."

보누 엄마를 바라보았다. 더 정확하게 말하면 빤히 노려보았다.

"도대체 그게 무슨 소리예요?"

라모나 언니가 이맛살을 찌푸리며 물었다. 엄마는 심호흡을 한 뒤 대답했다.

"금요일에 마렌을 만나러 마요르카로 갈 거야, 나 혼자."

구스타프는 말문이 턱 막혔다. 지난주에 엄마는 마렌 아줌마와 통화하느라 거의 매일 저녁마다 안방에서 나올 줄을 몰랐다. 구스타프가 노크를 하면 금방 나간다고 하거나 조용히 통화 좀 하자고 고함을 질렀다. 그러니까 지금 이 상황은 그 통화의 결과였다. 엄마는 '덴마크 가족 여행'을 '마요르카 혼자 여행'과 맞바꾼 것이다.

"제 생일은 어쩌고요?"

구스타프가 소리를 질렀다.

얼마 후에 열네 번째 생일이 있었다. 구스타프의 생일은 언제나 가족과 함께 덴마크에서 보냈다. 해변에서의 보물찾기, 달콤한 케이크, 그리고 즐거운 파티를 하면서.

엄마가 뭐라고 말하려는데 아빠가 끼어들었다. 엄마의 갑작스러운 발표에 아빠는 아래턱이 툭 떨어진 듯 한참 동안 말을 잇지 못했다. 그러다가 가까스로 심호흡을 하고선 고함을 질렀다.

"나랑 한마디 상의도 없이 여행을 간다고?"

엄마는 인상을 팍 찌푸렸다. 목과 얼굴에 붉은 얼룩이 번졌다. 좋은 징조가 아니었다. 화가 많이 났다는 표시였으니까. 엄마가 씩씩거리며 말했다.

"나한테 시비 걸지 마! 당신과 어떻게 상의를 해? 말도 안 하고 있으면서."

"누가 말을 안 했다는 거야? 그동안 내내 운동한답시고 집을 비운 사람이 누구지? 나를 피해 다닌 사람이 누구냐고!"

엄마와 아빠는 아이들이 부엌에 있다는 사실을 잊은 듯 마구 고함을 질러 댔다. 구스타프는 차라리 아까처럼 모두 입을 다물고 있는 편이 낫겠다고 생각했다. 식탁이 없었다면 두 사람은 진작에 서로에게 달려들어 불같이 활활 타오른 후에 재가 되어 바닥에 떨어졌을 터였다. 엄마 아빠가 분노하여 낮게 으르렁거리거나 서로에게 퍼붓는 비난의 말은 풀 수 없는 그물이 되어 마구 뒤엉켰다. 심지어 둘은 아이들이 아무 말 없이 부엌을 떠나는 것도 눈치채지 못했다.

아빠만의 다이어그램

“부부 상담사이자 치료사인 유타 그뢰스너입니다. 7월 첫 주부터 8월 10일까지는 통화하기가 어렵습니다. 성함과 용건, 그리고 전화번호를 남겨 주세요. 최대한 빨리 전화 드리겠습니다.”

구스타프는 안내에 이어진 날카로운 신호음을 듣고는 휴대폰의 종료 버튼을 눌렀다. 유타 그뢰스너 선생님의 목소리는 친절하고 부드러웠다. 나이가 꽤 많은 것 같았다. 커다란 책상 뒤에 놓인 의자에 앉아서 중년의 위기에 처한 사람들에게 중요한 조언을 해 줄 것 같은 느낌이었다.

그래, 그게 전문 분야일 거야. 아니라면 아빠가 이 사람의 명함을 책상에 둘 이유가 뭐가 있겠어? 아빠는 선생님에게 전화해서 엄마, 그리고 비유적인 의미를 가진 춤추기에 대해 말하려고 했을 것이다. 그런데 방학이 시작된 뒤로 점점 더 돌로 변하는 바람에 전화를 걸 수 없었을 테고.

얼마 전, 구스타프는 아빠에게 하루 종일 책상 앞에 앉아서 뭘 하는지 물었다. 아빠는 새 오디오북 작업을 하고 있다고 주장했다. 하지만 아빠가 욕실에 들어가 있는 사이에 책상을 살펴보니, 거기에는 화살표와 연결 부호, 그리고 다양한 색깔이 가득한 커다란 종이 한 장만 덩그러니 놓여 있었다.

다이어그램이었다. 사회 시간에 배워서 알고 있었다. 그런데 그 다이어그램은 강수량이나 일조량 같은 게 아니라 엄마와 아빠에 관한 것이었다.

아빠는 '라모나 출생'부터 '덴마크 여행 거부. 이리스는 자신만의 시간이 필요하다.'에 이르기까지 다양한 사건을 적은 뒤 화살표와 메모를 군데군데 써 놓았다. 예를 들면 '덴마크 여행 거부. 이리스는 자신만의 시간이 필요하다.' 옆에는 '이리스의 결정을 인정하고 나를 위해 긍정적인 면을 이끌어 낼 것!'이라고, 또 '이리스 마요르카' 옆에는 '연락 안 됨.'이라고 쓰여 있었다. 그리고 그 옆에 부부 상담사이자 관계 개선 치료사인 유타 그뢰스너 선생님의 명함이 놓여 있었다.

구스타프가 곰곰이 생각한 뒤 다시 전화를 걸기 위해 버튼을 막 누르려는데, 엄마가 방문을 벌컥 열고 들어왔다.

"엄마, 노크 좀!"

"아이고, 미안! 왜 자꾸 깜빡할까?"

구스타프는 나지막하게 투덜거렸다. 엄마에게 규칙을 알려 주는 건

소용없는 일이었다. 엄마는 자신의 규칙만 잘 지켰으니까.

"옷장 정리 다 끝냈어. 이제 시립 도서관에 방학 수첩 사러 가자!"

엄마는 자전거를 타고 인도 위를 지그재그로 달렸다. 할머니 두어 명이 나지막하게, 그리고 아저씨 한 명이 크게 불평하는 소리에도 개의치 않았다.

얼마 뒤, 날이 무더워 방문객이 별로 없는 시립 도서관에 도착해 사서 선생님에게 방학 수첩을 받았다. 먼지가 잔뜩 묻은 수첩 위에는 '슈퍼 방학 수첩. 13세에서 19세까지'라는 글씨가 요란한 색깔로 쓰여 있었다.

"어머, 수첩이 좋아졌네요?"

엄마가 감탄하자 사서 선생님은 귀찮다는 듯이 대꾸했다.

"뭔 말씀인지 모르겠네요."

"이름이 '슈퍼' 방학 수첩으로 바뀌었잖아요!"

"매년 그랬는데요?"

"아, 그렇군요. 여름을 이 도시에서 보내는 게 처음이라서 잘 몰랐어요."

엄마가 겸연쩍은 듯이 웃으며 지갑에서 돈을 꺼냈다. 사서 선생님은 엄마가 내미는 지폐를 아무 말 없이 낚아챘다. 그래도 엄마의 좋은 기분은 무너지지 않았다.

엄마는 수첩을 손에 쥔 채 콧노래를 흥얼거리며 도서관 밖으로 나왔다. 집으로 돌아가는 길에 아이스크림 가게에 들러 구스타프에게 아이스크림을 사 주었다. 큰 컵에는 세 가지 맛 아이스크림과 생크림, 그리고 초콜릿 시럽까지 뿌려져 있었다. 엄마는 더블 에스프레소를 주문해 마셨다. 구스타프는 오이의 97%, 인간의 70%가 물로 이루어졌으며, 엄마의 80%는 커피로 이루어졌다는 생각을 다시금 했다. 엄마가 방학 수첩을 구스타프에게 짐짓 비장하게 넘겨주었다.

"어떤 내용이 담겨 있는지 읽어 봐."

구스타프는 방학 수첩을 펼쳐서 찬찬히 살펴보았다.

"자연사 박물관 무료 입장권이 있네요."

"잘됐네. 너, 바오바오 좋아하잖아!"

"바오바오요?"

"팬더 말이야."

"엄마, 박물관에 있는 건 박제한 거잖아요. 제가 채식주의자라는 걸 잊으신 거예요? 게다가 바오바오가 좋다고 말했을 땐 겨우 여덟 살이었다고요."

"그래, 알았어. 자연사 박물관 말고도 좋은 프로그램이 많이 있을 테니까 더 살펴봐."

"시내의 야외 수영장은 어디든 무료로 입장할 수 있대요."

"거봐! 정말 굉장하네. 거기에서 여행을 떠나지 않은 친구들을 만날 수 있을 거야."

엄마는 고개를 뒤로 젖히고 햇볕을 쬐었다. 편해 보이는 자세는 아니었다.

"구스타프, 여행 이야기가 나와서 말인데……."

엄마가 고개를 바로 하고서 다시 입을 열었다.

"얼마 전에 시끄럽게 해서 정말 미안해. 미리 상의를 했어야 했는데, 네 아빠가 요즘 좀……."

엄마는 적당한 단어를 찾기가 어려운지 더 이상 말을 잇지 못했다.

"그래도 제 생일에는 돌아오실 거죠?"

엄마는 눈을 크게 뜨고 구스타프를 빤히 바라보았다. 엄마에게 원하는 대답을 들을 수는 없을 듯했다.

"구스티, 미안해. 올해 여름은 정말 힘들구나. 네 생일에 늘 함께했지만, 올해는 마렌 아줌마에게 정말 중요한 검진이 있어서……. 이번만큼은 아줌마 곁에 있어 주고 싶어. 이해해 줄 수 있니?"

구스타프는 눈물을 꾹 참았다. 그러고는 천천히 고개를 저었다.

"미안해. 하지만 넌 혼자가 아니잖아. 사라와 라모나, 그리고 아빠가 옆에 있잖니? 나중에 제대로 파티를 열어 줄게. 약속해."

엄마는 구스타프의 머리 위에 가만히 손을 얹었다. 구스타프는 눈을 깜박거리며 애써 눈물을 참았다.

"더 필요한 거 있으세요?"

종업원이 다가와 물었다.

"네, 조금 전에 먹은 거 하나 더 갖다주세요. 초콜릿 시럽 더블로 얹어서요."

구스타프는 이렇게 말하면서 엄마가 분명히 반대할 거라고 생각했다. 하지만 엄마는 아무 말도 하지 않았다.

"생크림도 더블로요!"

그래서 얼른 이렇게 덧붙였다.

종업원이 두 번째 아이스크림 컵을 갖다줄 때까지 엄마는 한 마디도 하지 않았다. 구스타프는 차가운 아이스크림을 목 너머로 꿀꺽 삼켰다. 초콜릿과 바닐라 맛이 마음을 달래 주며 눈물을 삼킬 수 있게 도와주었다.

엄마는 고개를 다시 뒤로 젖혔다. 잘 익은 토마토처럼 얼굴이 새빨개질 때까지 그 자세로 있었다. 구스타프는 엄마가 자기와 이야기를 하지 않으려고 일부러 그렇게 오랫동안 햇볕을 쬐는 거라는 생각이 들었다.

집에 도착했을 때는 놀라운 광경이 펼쳐졌다. 아빠가 서재를 벗어난 것만으로도 기적인데, 바깥바람을 쐬러 집 밖으로 나왔기 때문이다. 엄마는 너무 놀라서 그 자리에 우뚝 멈춰 섰다. 아빠는 햇볕에 타서 빨개진 엄마의 얼굴을 빤히 노려보았다. 엄마는 초조한 손길로 머리카락을 쓸어 넘겼다. 이렇게 집 밖에서 우연히 마주친 세 사람은 동시에 각자 다른 말을 쏟아 냈다.

"캠핑카를 보러 가려고."

"아이스크림을 두 컵이나 먹었어요."

"얼굴에 선크림을 발라야겠네."

음악 시간에 이렇게 세 가지 소리가 동시에 울리는 것을 3화음이라고 배웠다. 아름답게 들리기도 하고 그렇지 않기도 했다. 음들이 서로 어울리지 않으면 불협화음이 되니까. 구스타프는 아빠가 "너도 같이 갈래?" 하고 물었을 때, 그 말이 불협화음인지 아닌지 알아내려고 애를 썼다.

사실 구스타프는 완두콩 때문에 자꾸 신경이 쓰이는 참이어서, 코발트색 수영복을 입고 야외 수영장에 갈 수 있는지 빨리 알아보고 싶은 마음이 컸다. 슈퍼 방학 수첩을 굳이 마련한 것도 그 때문이었다. 하지만 연신 깜박거리는 아빠의 눈을 보고서, 방금 한 말은 질문이 아니라 부탁이라는 걸 알아차렸다. 아니, 애원에 가까웠다.

'제발 같이 가자. 혼자 가게 하지 마. 다른 사람들을 보는 게 무서워. 여름이, 세상 곳곳에서 피어오르는 즐거운 기분이 두려워.'

아빠는 그런 말들을 눈빛으로 쏟아 내고 있었다.

"좋아요! 얼른 가서 모래를 데리고 나올게요."

구스타프는 집 안으로 뛰어 들어갔다. 한낮의 더위 따위는 문제가 아니었다. 아빠가 돌 같은 상태를 벗어 버릴 수 있는 기회가 왔으니까. 서늘한 부엌 한쪽 구석에 누워 코를 고는 모래에게 줄을 맨 뒤 일어나라고 잡아당겼다.

현관문을 막 나서는데, 엄마와 아빠가 계단에서 다투는 소리가 들렸다. 구스타프가 나오는 소리를 듣고서야 두 사람은 입을 꾹 다물었다. 구스타프는 한 손으로는 아빠 손을, 다른 손으로는 모래의 목줄을 잡고 계단을 내려갔다. 모래는 비틀거리다가 마지막 몇 계단은 그냥 주르륵 미끄러졌다.

구스타프는 모래를 차에 태운 뒤 얼른 뒤따라 탔다. 햇볕에 오래 세워 두었던 탓에 차 안의 공기가 몹시 뜨거웠다. 아빠는 창문이란 창문은 모조리 열었다. 그런 다음에는 열심히 일하는 판매원처럼 주방 설비와 접이식 대형 침대, 옷장 등 캠핑카 구석구석을 구스타프에게 소개했다.

"보다시피 완벽한 설비를 갖춘 최신식 모델이야. 굉장한 여행이 됐을 텐데……."

아빠는 접이식 침대 위에 털썩 주저앉았다. 잠시 첨단 기술의 세계로 감격스러운 소풍을 다녀온 후, 다시 '반에릭 상태'에 빠져들기 직전이었다. 구스타프는 어떻게든 이런 식의 퇴행을 막고 싶었다.

"차를 타고 동네를 한 바퀴 돌까요?"

"그러고 싶니?"

아빠가 떨리는 목소리로 물었다.

"그럼요!"

"좋아!"

순간, 아빠의 얼굴에 화색이 돌았다. 아빠는 운전석으로 가서 핸들을 이리저리 만지고는, 시동을 걸기 전에 다시 한번 불안한 눈길로 구스타프를 바라보았다.

"출발!"

구스타프가 경쾌하게 외쳤다.

"그래, 출발!"

처음에는 도로를 살금살금 기어가는 것처럼 아주 천천히 달렸다. 그러다가 집에서 멀어지자 조금씩 속도를 내기 시작했다. 모래는 머리를 조수석 유리창 밖으로 내밀어 바람을 쐬었다. 캠핑카가 달리며 일으키는 바람이 마음에 드는 모양이었다. 구스타프는 조수석 서랍을 뒤적이다가 '덴마크, 팝과 만나다'라고 적힌 시디를 발견했다. 아빠의 작품이었다.

"벌써 시디를 만들었어요?"

구스타프가 깜짝 놀라며 묻자 아빠가 고개를 끄덕였다. 아빠는 가족 여행을 위해 매년 이렇게 시디를 직접 구워 만들었다. 고속도로에 들어서자마자 틀고선 여행 내내 반복해서 들었다. 여행이 끝난 뒤 가을이 온 뒤에도 가족들은 부엌에서 여름 내내 들었던 그 음악을 듣곤 했다. 처음에는 다시 캠핑장에 간 듯한 기분을, 그다음에는 조금씩 바다가 멀어지는 느낌을 받으면서. 여름의 기억이 뒤이은 시간들에 밀려 점점 추억이 되어 갈 즈음이 되어서야 가족들은 음악 듣기를 그만두었다.

아빠가 작년에 만들었던 시디는 이따금만 들었다. 아마도 지난여름 이후에 부엌에서 함께 시간을 보낸 적이 거의 없었기 때문일 것이다. 가족들은 뿔뿔이 흩어졌다. 사라 언니와 라모나 언니는 시내에서, 엄마는 회사에서 시간을 주로 보냈다. 아빠와 구스타프는 대체로 집에 있었지만 부엌이 아니라 각자의 방에 있었다.

구스타프는 아빠가 만든 올해의 음악 시디를 플레이어에 넣고 재생 버튼을 눌렀다. 첫 번째 곡은 어릴 때부터 들었던 최고의 노래 〈나랑 너랑 부라는 이름의 개〉였다. 구스타프는 그 노래를 들을 때마다 모래와 똑같이 생긴 개를 상상했다.

노래를 듣고 있으려니, 작년 여름에 집으로 돌아올 때 세 시간 넘게 도로에 묶여 있었던 기억이 떠올랐다. 교통 체증이 너무 심해서 꼼짝도 하지 못하자, 엄마는 차에서 내려 모래와 함께 산책을 했다. 그러다 다른 자동차들 옆에 멈춰 서서 마치 오래전부터 알던 지인을 대하듯이 수다를 떨었다.

엄마가 다시 돌아왔을 때도 차는 여전히 같은 자리에 서 있었다. 노래도 반복되었다. 언니들이 계속 듣자고 했고, 구스타프와 아빠도 딱히 반대하지 않았다. 다시 차에 오른 엄마는 기분이 좋은 듯이 큰 소리로 노래를 따라 불렀다. 아빠가 엄마 쪽으로 몸을 기울여서 입을 맞출 때까지 노래를 멈추지 않았다.

그때 모래가 한쪽 귀를 세운 채 노래에 맞춰 낑낑대는 바람에 구스타프는 현실로 돌아왔다. 나이가 많아서 시력은 나빠졌지만 청각은 여전히 아주 탁월했다. 차는 어느새 동물원 근처에 와 있었다. 길 양쪽으로 넓게 펼쳐진 동물원은 이루 말할 수 없이 푸르렀다. 햇살에 반짝이는 전승 기념비의 빅토리아 여신상은 전망대 위에서 사방으로 뻗은 도로를 내려다보고 있었다.

아빠는 여신상 주위를 몇 바퀴 돌았다. 구스타프가 현기증을 느낄 즈음에 쇤베르크 쪽으로 방향을 틀었다. 그러고는 세 번째 아이스크림을 먹으러 갔다. 구스타프는 여름, 껌, 그리고 덴마크 맛이 살짝 나는 막대 아이스크림을 먹었다.

"캠핑카가 무척 편안해요. 정말 잘 골랐어요."

"진짜로 그렇게 생각하니?"

아빠가 흐뭇하게 웃으며 물었다.

주유소에 들렀다가 집으로 돌아가는 길, 아빠는 몇 주 만에 처음으로 행복해 보였다. 차창으로 불어 들어오는 바람이 아빠의 머리카락을 사방으로 흩날렸다. 아빠는 구스타프의 손을 꽉 잡고서 미소를 지었다. 구스타프는 그 미소가 오늘 먹은 아이스크림 세 개보다, 그리고 이 세상의 온갖 방학 수첩들보다 더 좋다고 생각했다.

집에 도착해 계단을 오르는데, 언니들이 킥킥대는 소리가 들려왔다. 둘은 인터넷으로 옷을 한 무더기 주문했다가 죄다 반품하는 중이었다. 이건 남자들에 대한 수다 떨기, 혼잣말로 투덜대기, 음악 듣기에 버금가는 두 사람의 취미 중 하나였다. 언니들은 짧은 반바지와 배꼽티 차림으로 문간에 서 있었고, 그 앞에는 꽤 어려 보이는 택배 기사가 땀을 삘삘 흘리며 서 있었다.

"이 일을 오래 했어요?"

라모나 언니가 물었다.

"아니, 방학 때만 아르바이트로 잠깐."

"아, 그렇구나……."

구스타프는 구역질을 느끼며 세 사람 옆을 스쳐 지나갔다. 아무래도 언니들은 지금 남자에게 관심을 받는 것이 그 무엇보다 중요한 듯했다.

늦은 저녁, 구스타프는 옷장에서 코발트색 수영복을 꺼낸 뒤 휴대폰을 챙겨 욕실로 들어가서 문을 잠갔다. 평소에는 하지 않는 행동이었다. 문을 잠가 보니 기분이 썩 괜찮았다. 아니, 아주 좋았다. 손잡이에 슬쩍 손을 댔을 뿐인데 그 누구의 방해도 받지 않을 수 있다니.

언니들과 엄마는 구스타프가 욕실에 있을 때 조금도 배려하지 않았다. 세 사람 중에서 한 명이라도 욕실에 있을 때면 아무도 들어오지 못하게 하면서.

구스타프는 반바지와 티셔츠를 벗은 뒤 수영복을 입었다. 거울이 붙은 수납장에 가슴을 비춰 보려면 세탁기 옆에 놓인 의자 위에 올라가야 했다. 수영복 아래로 조그맣게 솟은 두 개의 봉우리가 또렷하게 보였다. 이대로 야외 수영장에 가기는 그른 듯했다.

구스타프는 욕조 가장자리에 걸터앉아 깊은 한숨을 내쉬었다. 파도 소리나 모래 언덕은 물론이고 물결이 부서지는 소리조차 없는데, 이제는 사람들로 넘쳐 나는 풀밭의 소음이나 미지근한 풀장, 그리고 샤워장 앞에 줄 서기조차 할 수 없게 되었다. 이번 여름 방학은 최고로 지루한 시간으로 역사에 남을 것이 분명했다.

지금 할 수 있는 일이라고는 다음 방학에 다시 덴마크 여행을 갈 수 있도록 미리 손을 써 놓는 것뿐이었다. 구스타프는 바지 주머니를 뒤져서 유타 그뢰스너 선생님의 명함을 꺼내 전화를 걸었다. 자동 응답기가 삑 소리를 내며 녹음을 시작했다.

"안녕하세요? 저는 구스타프라고 해요. 저희 부모님 때문에 전화했어요. 두 분은 지금 중년의 위기를 겪는 중이에요. 그래서 저는 여름 방학을 집에서 보내고 있고요. 어쩌면 선생님이 저를 도와주실 수 있을 것 같아서 전화했어요."

구스타프가 좀 더 자세하게 설명하는 게 나을지 고민하는데, 누군가 바깥에서 문을 열려고 했다. 구스타프는 작은 목소리로 서둘러 덧붙였다.

"이 번호로 전화 주세요. 혹시 저희 부모님이나 언니들이 받으면 그냥 끊으시고요."

휴대폰의 종료 버튼을 누르는데 또다시 손잡이가 덜그럭거렸다.

"구스타프!"

문을 열자마자 라모나 언니가 뛰어 들어왔다.

"너, 설마 완두콩 때문에 문을 잠근 긴 아니지?"

라모나 언니가 거울 앞에 버티고 서서 묻더니, 곧이어 새된 비명을 질렀다.

"여드름이야! 진짜 여드름이잖아. 그것도 두 개나 났어!"

언니는 뺨이 닿을 듯이 바짝 다가서서 거울을 노려보다가 요란하게 울음을 터뜨렸다. 사라 언니도 욕실로 달려왔다.

"뭐? 말도 안 돼!"

"이것 봐. 불빛에 비춰 보면 뭔가에 물린 자리가 아니라는 걸 확실하게 알 수 있단 말이야!"

라모나 언니가 울부짖자 엄마가 욕실 문간에 나타났다.

"이게 대체 무슨 일이니? 왜 울어? 엄마가 마요르카 가는 것 때문에 그래? 집을 그리 오래 비우지는 않을 거야."

"그것 때문이 아니에요."

라모나 언니가 훌쩍거리며 말을 이었다.

"정말이지 모든 일이 엄마를 중심으로 움직인다고 생각하시네요!"

구스타프는 복도로 나와 모래를 안아 들고 자기 방으로 갔다. 침대 발치에 내려놓자 모래는 곧장 몸을 말고 엎드렸다. 구스타프는 어둠 속에서 천장의 야광 별을 바라보았다. 언젠가 별자리처럼 붙여 둔 것이었다. 언니들이 오래전에 준 생일 선물이었다. 아직도 붙어 있는 몇 개 안 되는 별들이 어둠 속에서 흐릿하게 반짝였다.

구스타프는 문득 새로 전학 온 아이를 떠올렸다. 그 애는 방학 때 뭘 할까?

특별한 예감

엄마는 금요일 첫 비행기를 타고 마요르카로 떠났다. 집을 떠나기 전, 동틀 무렵에 구스타프 방으로 살그머니 들어왔다. 구스타프는 복도에서 나는 발소리에 이미 잠이 깼지만 일부러 눈을 꼭 감고 있었다. 엄마는 침대로 다가와 이불을 끌어당겨 덮어 주었다.

"우리 아가, 곧 돌아올게!"

바닥에 쪼그리고 앉아서 침대 앞에 누워 있는 모래도 쓰다듬어 주었다.

"모래도 잘 지내고 있어."

그러고는 발끝으로 조심스럽게 걸어 방을 나갔다. 구스타프는 현관문이 닫히는 소리가 들릴 때까지 기다렸다가 눈을 뜨고 자리에서 일어나 앉았다. 엄마가 없는 열흘이 어떨지 상상해 보았다. 어딘가 좀 외로울 듯했다. 냉장고에 언제나 우유를 채워 두고 싱크대가 막히지 않게 손보는 사람이 아빠라면, 엄마는 존재 자체만으로 집 안을 생기 넘치게 해 주는 사람이었다. 엄마의 아이디어와 기분과 이야기는 혈관에 피가 흐르듯이 이 집을 살아 숨 쉬게 만들었다. 엄마가 없으면 집이 더 깨끗해질지는 몰라도 생기는 줄어들 게 뻔했다.

이번 여름 방학은 부재의 시간이 될 터였다. 모두 이곳이 아닌 다른 곳에 있었다. 아니나는 프랑스에, 덴마크는 덴마크에, 아빠는 '반에릭 상태'에, 언니들은 정신적인 대초원에, 모래는 정확히 알 수 없는 어떤 장소에. 그리고 막내딸의 생일보다 친구의 건강이 더 중요하다고 생각한 엄마는 마요르카로 떠났다. 구스타프만 이곳에 남아 있었다. 불현듯 극심한 피로가 몰려왔다.

구스타프는 모래가 문 앞에 서서 나지막하게 낑낑대는 소리에 정신이 번뜩 들었다. 한숨이 나왔다. 아침에 산책을 나가 한 바퀴 돌아야 했다. 엄마가 집에 없으니 이제 그건 구스타프의 몫이었다. 햇살이 커튼을 통과해 방 안 가득 스며드는 걸 보니 이미 시간이 꽤 지난 듯했다. 집 안은 무척 조용했다. 아빠가 지내는 서재의 문은 닫혀 있었고, 욕실에서는 라디오 소리와 물소리가 같이 흘러나왔다.

모래는 숨을 헐떡거리면서 초조하게 문을 긁어 댔다. 현관문이 열리자마자 계단을 굴러가다시피 하며 내려갔다. 바깥에 나와서 마음이 놓였는지 건물 바로 앞에 쪼그려 앉았다.

"기다려!"

구스타프가 다급히 외쳤다. 하지만 이미 모래의 오줌이 나지막한 소리를 내면서 건물 앞 계단을 흥건히 적신 뒤였다.

"이런, 모래야!"

구스타프는 모래를 계단 아래로 잡아끌고는 인도를 따라 걸어갔다. 모래는 거의 쓰러지듯이 몸을 기울이고선 계속 오줌을 쌌다. 가까스로 나무 근처에 도착했을 때는 다리 사이에서 오줌이 몇 방울만 떨어졌다. 모래는 자기 잘못을 아는 듯한 표정으로 구스타프를 올려다보았다.

그때 자전거를 탄 여자아이 두 명이 킥킥거리며 지나갔다. 자전거 짐받이에 아이스박스와 파라솔이 실려 있었다. 파라솔 기둥에 깃발처럼 걸어 둔 산딸기색 수영복이 바람에 나부꼈다. 그들의 웃음소리가 잦아든 뒤에도 수영복은 한참 동안 더 시야에서 어른거렸다.

아니나가 생각났다. 그 애는 지금 파울라와 킥킥 웃고 있을까? 시간이 지나도 줄어드는 게 아니라 점점 더 늘어나는 웃음, 너무 웃어서 저녁이면 근육통이 생기는 웃음, 밤에 잠자리에 누워서도 낄낄거리며 터져 나오는 웃음, 그 친구가 함께 있었으면 하고 바라게 되는 웃음. 구스타프는 내일 아침 일찍 아니나에게 전화를 하기로 마음먹었다.

그러고는 인도와 차도의 경계석에 앉아 잠시 쉬었다. 모래를 마구 끌어당긴 게 후회스러웠다. 바지 주머니를 뒤져 보니, 아주 오래돼서 색깔이 바랜 곰 젤리 두 개가 나왔다. 젤리를 손바닥에 올려서 내밀자 모래가 재빨리 삼키고는 혀로 입가를 핥았다. 매우 만족스러운 표정이었다. 구스타프는 자기의 행복도 곰 젤리 두 개에 달려 있으면 좋겠다고 생각했다. 오늘 아침에 느꼈던 막막한 기분이 다시 밀려들었다.

이 도시에 완벽하게 홀로 남겨진 것만 같았다.

"어쩌면 집에 남은 사람들은 모두 야외 수영장에 가 있다는 엄마의 말이 맞을지도 몰라."

모래가 우윳빛 눈동자로 구스타프를 쳐다봤다.

"그래도 난 절대 수영장에 들어가지는 않을 거야. 하지만 그 앞에서 잠깐 산책은 할 수 있잖아. 모래, 어떻게 생각해?"

그러자 모래가 기상천외한 반응을 보였다. 맞장구치듯이 고개를 끄덕였다. 아주 살짝이었지만 분명히 그랬다. 모래는 사람들과 여러 가지 방법으로 소통했는데, 고개를 끄덕인 것은 지금까지 한 번도 본 적이 없던 일이었다. 그러고는 뭔가 볼 게 있다는 듯이 고개를 옆으로 확 돌렸다.

"모래, 너 지금 고개를 끄덕인 거야?"

모래가 무슨 소리냐는 듯한 표정으로 다시 구스타프를 바라보았다. 그러고는 구스타프의 발 앞에 가만히 엎드렸다. 개들이 아주 잘 쓰는 속임수였다. 일단 고개를 끄덕이고는 아무것도 모르는 척하다니. 구스타프는 웃으면서 모래를 쓰다듬어 주었다.

집에 돌아와 보니 아빠가 책상 앞에 앉아 있었다. 다이어그램이 눈에 띄었다. 아빠는 문간에 서 있는 구스타프를 보고 화들짝 놀랐다. 엄마가 떠난 이후로 예전보다 더 창백해진 데다 '반에릭 상태'에 자주 빠져들었다. 아빠는 쭈그러진 텐트처럼 무너져 내렸다.

"구스타프!"

아빠가 구스타프를 불렀다. 집에 있으리라고는 상상도 못 했다는 듯한 목소리였다. 그러고는 그다지 행복해 보이지 않는 억지웃음을 지었다.

"우리, 이번 방학을 아주 재미있게 보내자!"

구스타프가 고개를 끄덕였다.

"뭔가 아주 멋진 걸 하는 거야."

또 끄덕끄덕. 구스타프가 모래와 함께 야외 수영장에 가겠다고 말하자 아빠는 한결 마음이 가벼워진 표정을 지었다. 구스타프 손에 10유로짜리 지폐를 쥐여 주기까지 했다.

"아이스크림 사 먹어."

아빠 손은 축축하고 차가웠다. 살짝 떠는 것 같기도 했다.

야외 수영장으로 가는 버스는 집에서 아주 가까운 정류장에서 출발했다. 구스타프는 보통 자전거를 타고 수영장에 갔지만, 모래가 거기까지 갈 수 없을 것 같아서 버스를 타기로 했다. 운전기사 아저씨는 작은 강아지도 입마개를 해야 버스에 탈 수 있다고 말했다.

"꼬마 아가씨, 그게 대중교통 이용 수칙이야."

그러고는 잠시 뜸을 들였다. 버스 안은 텅 비어 있었다. 구스타프는 아저씨가 그냥 누군가와 이야기하고 싶어 한다는 느낌을 받았다. 모래의 잿빛 주둥이와 흐릿한 눈동자를 가엾다는 듯이 바라보았기 때문이다.

"오늘은 살아 있는 화석이라 생각하고 그냥 봐줄게."

아저씨는 이렇게 말하고는 킥킥 웃었다. 자기가 한 농담이 아주 재미있다고 생각하는 모양이었다.

구스타프는 고맙다고 인사한 뒤 차에 올라탔다. 모래가 모욕감을 느낄 줄 안다고 설명해 봐야 소용없을 터였다. 그러려면 모래가 다른 개들과 다르다는 이야기까지 해야 할 테니까. 현명하고 똑똑하다고, 그래서 사람들이 무슨 생각을 하는지 다 알아챈다고 말한들 이해할 리가 없었다.

구스타프는 모래를 겨드랑이에 낀 채 이층 칸으로 올라가 제일 앞 좌석에 털썩 앉았다. 그러다가 문득 모래가 이층 버스를 처음 탄다는 데 생각이 미쳤다. 버스를 타기로 결정한 건 정말 훌륭한 생각이었다.

"이층 버스를 못 타 봤다면 넌 진정한 베를린 주민이 아니야."

구스타프가 말하자 모래는 동의한다는 듯 숨을 헐떡이고는 축축한 주둥이를 유리창에 가져다 댔다. 구스타프도 어릴 때 유리창에 코와 입을 딱 붙이곤 했다. 이 버스의 유리창에도 분명히 코를 납작하게 댄 적이 있을 터였다. 어쩌면 지금 모래가 코를 붙이고 있는 곳에 갖다 댔을지도 몰랐다.

"구스타프! 너, 덴마크에 간 거 아니었어?"

뒤에서 큰 목소리가 들리더니, 곧 커다란 왕골 바구니를 든 리네가 눈앞에 나타났다. 리네는 옆 반 아이였다. 파울라의 수행원이었지만 그나마 견딜 만한 축에 들었다. 파울라라는 행성을 따라 도는 위성만 아니라면 꽤 괜찮은 아이일 수도 있었다.

리네가 대뜸 구스타프를 꼭 껴안았다. 학교에서는 절대로 하지 않는 행동이었다.

"야외 수영장 가는 거야?"

구스타프가 고개를 끄덕였다.

리네는 모래를 보고 환호성을 질렀다.

"너희 집 개야? 엄청 귀엽네!"

리네가 옆자리에 앉더니 손을 뻗어 모래의 귀를 살살 긁어 주었다.

"이렇게 날씨가 좋은데 딱히 할 게 없지 뭐야? 집은 너무 지루해. 할 만한 일이라고는 야외 수영장에 붙어 있는 것뿐이야. 저녁에는 항상 제롬 오빠랑 함께 돌아다니는데, 낮에는 오빠가 아르바이트를 해서 같이 있을 수가 없어."

리네는 남자 친구인 제롬 오빠 이야기를 줄기차게 했다. 그 애는 학년이 높은 남자아이를 사귀는 몇 안 되는 여자아이 가운데 한 명이었다. 제롬 오빠는 팔 근육이 두드러진 데다, 언제나 유명한 문구가 적힌 티셔츠를 입고 다녀서 눈에 띄었다.

게다가 아버지가 영화 관련 일을 해서 이따금 촬영장에 놀러 간다고 했다. 그럴 때마다 아이들이 그 오빠 주위를 에워싸고서 어떤 배우를 만났는지 캐물었다. 얼마 전에도 아주 유명한 할리우드 배우와 만나 악수를 했다는 이야기가 돌았다. 그 말을 듣고 아니나조차 부러워했다. 제롬 오빠를 둘러싼 야단법석에 참여하지 말자고 구스타프와 굳게 약속까지 해 놓고서.

꽤 이른 시각이었는데도 야외 수영장은 인파로 가득했다. 풀장과 풀밭의 소음이 탈의실과 울타리를 넘어서 수영장 입구까지 들려왔다. 염소 소독제 냄새와 감자튀김 냄새도 강렬하게 풍겨 왔다. 구스타프는 모래를 수영장 근처의 그늘로 이끌었다. 풀밭과 수영장 입구가 한 눈에 들어오는 곳이었다. 구스타프 뒤를 따라오던 리네가 주변을 두리번거렸다.

“저기 봐, 마를레네랑 몇몇이 벌써 와 있어.”

리네는 파울라와 이따금 어울리는 여자아이들 몇 명을 가리켰다. 아이들은 햇빛을 쬐는 파충류처럼 바닥에 커다란 수건을 깔고서 꼼짝도 하지 않은 채 누워 있었다.

“나도 저기로 가야겠다. 우린 방학 동안 여행을 떠났던 아이들보다 더 짙게 피부를 그을리는 내기를 하는 중이야. 마를레네가 갈색 피부를 만드는 비법을 몇 가지 알고 있대. 이따가 심심하면 놀러와.”

구스타프는 고개를 끄덕이며 관심이 있는 척했다. 하지만 그 멍청한 내기에서 이기려고 뜨거운 햇볕 아래 몇 시간씩이나 누워 있는 건 상상조차 하기 싫었다.

그런 생각을 하다가 문득 자전거 보관소를 보았다. 세상에, 거짓말처럼 문이 눈에 들어왔다. 정확히 말하자면 눈에 띈 것은 햇빛을 받은 반짝이 레깅스와 빛이 바랜 티셔츠였지만. 그러고 나서 이쪽을 바라보는 문의 얼굴을 알아보았다. 아이는 몸을 숙여 바닥에 있는 빈 병 두 개를 집어 들었다.

그때 리네가 지갑을 꺼내며 물었다.

“구스타프, 수영장에 들어갈 거야? 그런데 얘도 들어갈 수 있어?”

구스타프가 고개를 젓자 리네가 모래 앞에 쪼그리고 앉았다.

“아이고, 얘를 수영장 밖에서 기다리게 하려고? 분명히 도둑맞을 거야. 이 녀석은 정말 귀여우니까."

"여자야, 암컷."

문은 스케이트보드 위에 고정시킨 종이 상자에 병을 집어넣었다. 상자에는 이미 병이 가득했다.

모래가 바닥에 등을 대고 드러누워 리네에게 배를 보여 줬다. 이런 배신자 같으니라고!

"나도 개가 한 마리 있으면 좋겠어."

노란색 매니큐어를 칠한 리네의 손톱이 모래의 배를 쓰다듬었다. 그걸 보는 순간, 구스타프는 갑자기 구역질이 났다.

"나중에 손을 씻는 게 좋을 거야."

리네가 계속 쓰다듬자 모래가 기쁨이 가득 어린 눈길로 그 아이를 올려다봤다. 몇 시간이나 이러고 있을 기세였다.

"벼룩이 있거든."

리네가 순식간에 손을 떼었다.

"옮거나 뭐 그래?"

구스타프가 고개를 끄덕이자 리네는 자기 손을 빤히 내려다봤다.

"벼룩은 올라타는 걸 좋아하잖아. 흠, 그래 봤자 벼룩이지, 뭐."

리네는 자리에서 벌떡 일어났다.

"그럼 난 이제 가 볼게. 아이들이 기다리고 있거든!"

그러고는 손을 어정쩡하게 앞으로 뻗은 채 뻣뻣한 걸음걸이로 걸어갔다. 드디어 갔군! 모래는 몸을 일으켜 앉으며 비난하는 눈길로 리네의 등을 바라보았다.

"나도 너희랑 같이 있고 싶어. 어쩌면 모래를 데리고 물에 들어갈 수 있을지도 몰라!"

구스타프가 고함을 질렀지만 리네는 돌아보지 않았다. 다시 자전거 보관소 쪽으로 눈길을 돌렸지만 문은 이미 사라지고 없었다.

아이스크림 가게까지는 상당히 멀었다. 구스타프는 그곳까지 모래를 걸어가게 하느라 애를 먹었다. 마침내 가게에 도착해서는 하늘색 아이스크림 하나를 주문했다. 산뜻한 껌 맛이 나는 아이스크림으로, 오늘 하늘의 색깔과 완전히 똑같았다. 방학 수첩 속의 쿠폰으로 베를린 시내의 모든 아이스크림 가게에서 공짜로 아이스크림을 먹을 수 없다는 게 유감스러웠다. 그럴 수만 있다면 진짜 '슈퍼'였을 텐데.

모래가 구스타프를 뚫어져라 쳐다봤다. 주둥이에서 흐른 침이 땅바닥에 뚝뚝 떨어졌다. 아이스크림의 와플 콘 부스러기를 기다리는 중이었다. 이럴 때면 다른 개들과 똑같아 보였다. 구스타프는 모래가 독특한 개라는 사실을 숨기려고 일부러 이런 행동을 하는 거라고 생각했다.

한참 동안 그늘에서 쉬었는데도 모래는 야외 수영장으로 돌아가는 걸 힘들어했다. 처음에는 달팽이처럼 느리게 움직이더니, 나중에는 몇 미터마다 한 번씩 주저앉았다. 급기야 인도 한복판에 드러누워 꼼짝도 하지 않았다. 목줄을 당겨도, 어르고 달래도 소용없었다. 코앞에 들이밀면 몇 미터쯤은 움직이게 해 줄 곰 젤리도 더 이상 수중에 없었다. 그러니 아무것도 할 수가 없었다. 모래는 그냥 바닥에 누워 버렸다. 그나마 버스 정류장이 가까워서 다행이었다. 구스타프는 모래를 안고 정류장까지 낑낑대며 걸어갔다.

이번 운전기사 아저씨는 모래가 입마개를 했는지 안 했는지 전혀 관심이 없었다. 구스타프는 숨을 헐떡이며 이층으로 올라간 뒤, 커다란 유리창 아래에 모래를 앉히고서 좌석에 털썩 주저앉았다.

버스가 야외 수영장 앞에 멈추고 서서히 문이 열리자, 시끌벅적한 환호성이 들려왔다. 소음은 점점 더 커졌다. 남자아이들이 고함을 지르며 이층으로 올라오더니 구스타프 뒤편의 대각신 자리에 앉았나.

"너, 혹시 거지야?"

구스타프는 목소리의 주인이 누군지 금방 알아챘다. 1학년 2반의 멍청이들, 욘테와 엘리아스였다. 둘이 고함을 내지르는 건 사라 언니와 라모나 언니가 투덜거리거나 불평을 늘어놓을 때와 비슷했다. 녀석들도 언니들처럼 다른 사람의 화를 돋우는 데 특기가 있는 모양이었다.

실제로 구스타프도 당한 적이 있기는 했다. 얼마 전에 녀석들이 학교 운동장에서 구스타프의 짧은 머리칼을 한껏 비웃었던 것이다. 욘테가 저렇게 머리카락이 짧은 여자는 여자만 좋아한다고 말하자, 엘리아스는 여자 이름이 구스타프인 것부터가 제대로 된 게 아니라고 덧붙였다. 구스타프는 제대로 된 여자와 아닌 여자가 따로 있는지 의심스러웠지만, 아무 대꾸를 하지 않은 채 곧장 선생님에게 갔다. 그곳까지 따라와서 빈정거리지는 못할 테니까.

다행히 녀석들은 구스타프를 발견하지 못한 듯했다.

"그 반짝이 레깅스는 헌옷 수거함에서 꺼낸 거야? 아니면 빈 병 모아서 판 돈으로 샀냐?"

욘테의 목소리가 들렸다.

반짝이 레깅스라고? 구스타프는 머리를 살짝 돌려서 뒤쪽 좌석을 흘낏 바라보았다. 뒤쪽에 문이 앉아 있었다. 문은 이마를 유리창에 붙이고 창밖을 노려보면서 녀석들이 하는 말을 듣지 못한 척했다.

"너희 집, 미용실에 갈 돈도 없나 보네. 그렇지? 너 같은 아이들에게 무료로 이발해 주는 사람을 알고 있는데……. 소개해 줄까?"

이번에는 엘리아스가 말했다.

"야, 너 벙어리야? 어이, 말 좀 해 봐!"

욘테와 엘리아스는 고함을 지르며 킥킥거리더니 번갈아 가면서 트림을 꺽꺽 했다. 그러면서 문이 앉은 좌석에 거의 닿을 듯이 윗몸을 통로 건너편으로 쭉 뻗고서 위협적으로 굴었다. 녀석들이 내뱉는 트림은 마치 늙은 개구리 떼가 꽥꽥거리는 소리와 똑같았다. 녀석들은 계속 트림을 해 대면서 숨이 넘어갈 듯이 웃었다. 문은 얼굴이 시뻘게진 채 이마를 유리창에 딱 붙이고 있었다.

그때 구스타프는 생각지도 못한 행동을 했다. 나중에야 자기가 왜 그랬는지 의아하게 여겼지만 정작 그 순간에는 아무 생각이 없었다. 먼저 등을 쭉 펴고 공기를 크게 들이마셨다. 공기가 배 안에서 퍼지는 게 느껴지는 순간, 욘테와 엘리아스 쪽으로 고개를 돌리고서 번개처럼 빠르게 입을 열었다. 그때 터져 나온 것은 평범한 트림이 아니었다. 그야말로 사자가 포효하는 소리였다. 구스타프의 입에서 나온, 엄청나게 우렁찬 트림 소리가 버스 안에 퍼져 나갔다. 뒤이어 정적이 찾아왔다.

욘테와 엘리아스는 믿지 못하겠다는 듯한 표정으로 구스타프를 빤히 노려보았다. 문도 이마를 유리창에서 떼고 구스타프를 바라보았다. 구스타프의 포효가 멋지다고 생각하는지 어떤지는 알 수 없었다. 하지만 욘테와 엘리아스의 관심에서 벗어나 다행이라고 생각한다는 건 느낄 수 있었다.

시간이 한참이나 흐른 뒤에 욘테가 먼저 입을 열었다.

"우아, 정말 토할 것 같다. 재가 네 여자 친구야?"

욘테가 얼굴을 찌푸리며 혐오스럽다는 표정으로 문을 째려보았다.

"둘이 잘 어울리네."

그런 다음에 녀석들은 다시 떠들기 시작했다. 이제는 문과 구스타프에게서 관심을 끊은 듯 버스 운전기사에 대한 이야기와 수영장에서 다이빙을 구경한 이야기 같은 걸 하며 한참을 시시덕거렸다.

구스타프는 꼿꼿하게 앉아서 속으로 대왕 트림 성공을 자축했다. 웃음이 터지지 않게 입을 꾹 다물어야 할 정도로 기뻤다. 아니나가 그 트림 소리를 들었더라면 정말로 자랑스러워했을 텐데. 구스타프는 스스로가 무지무지 대견했다.

잠시 후, 욘테와 엘리아스가 내리자 버스 안이 조용해졌다. 문이 적막을 깨고 먼저 말을 걸었다.

"고마워."

지금 무슨 대답을 해도 조금 전에 했던 사자의 포효에 필적하지는 못할 터였다. 구스타프는 아무 대꾸 없이 창밖만 내다보았다. 문도 이

내 창밖으로 눈길을 돌렸다. 내릴 정류장이 가까워졌는지 문이 스케이트보드와 종이 상자를 들고 자리에서 일어나 통로에 섰다.

"그럼 또 보자."

문의 목소리는 부드러우면서도 까끌까끌했다. 미소를 짓자 앞니 사이의 벌어진 틈새가 눈에 들어왔다.

집에 도착한 구스타프는 건물 앞 계단에 앉아 머리를 무릎에 대고 생각에 잠겼다. 문이 미소 짓던 모습을, 그리고 앞니 사이의 틈새를 떠올렸다. 그 틈새로 휘파람 소리를 잘 내겠지?

'그럼 또 보자.'라는 말은 일종의 약속이었을까? '그럼 또 보자.'는 '그럼 내일 또 만나.'와 비슷했다. 생각하면 할수록 문과 자기가 소소한 약속을 한 것 같다는 느낌이 들었다. 물론 그 약속에 나가지는 않을 테지만! 완두콩과 마찬가지로, 남자아이들과의 약속은 종말의 시작이니까. 사춘기로 곧장 발을 들여놓는 거나 다름없었다.

바람에 실려 온 달콤한 꽃향기가 콧속으로 밀려 들어왔다. 따뜻하고 어두운 향기였다. 구스타프는 몸이 살짝 떨렸다. 불쾌한 떨림이 아니라 닭살이 살짝 이는 정도였다. 이번 여름에 뭔가 특별한 일이 일어날 거라는 예감 같았다. 뭔가가 자기에게 다가오고 있다는 느낌이 들었다. 그게 뭔지는 몰라도 느낄 수는 있었다.

마지막 승객

구스타프는 라모나 언니가 내지르는 비명에 잠이 깼다가, 피곤한 나머지 눈을 꼭 감고 돌아누웠다. 밤새 모기에 시달리느라 잠을 설쳤다. 하지만 이불을 머리끝까지 끌어올려 덮어도 언니의 비명에서 벗어날 수가 없었다. 그냥 일어나기로 마음먹었다. 밖으로 나가 보니, 언니는 복도에서 아빠에게 화를 내고 있었다. 옆에 있는 사라 언니는 어쩔 줄 몰라 하는 표정이었다.

"덴마크라면 아무 상관 없겠지만, 여기에서는 이런 꼴로 밖에 나갈 수 없다고요!"

"너희가 먼저 나랑 여행을 가지 않겠다고 한 거잖아?"

라모나 언니가 흐느끼자, 아빠가 도움을 청하듯이 사라 언니를 흘낏 바라보았다.

"대체 얘가 왜 이러니?"

"이것 때문에요!"

라모나 언니는 고함을 치면서 여드름이 난 얼굴을 아빠에게 들이밀었다.

"더 이상 못 참겠으니까 소리 지르지 마. 아무것도 아닌 일로 이렇게 법석을 피우다니!"

아빠는 단단히 화가 난 것 같았다.

"이게 다 엄마 아빠 때문이라고요!"

라모나 언니가 씩씩거리며 말했다.

"그 빌어먹을 파티도 취소됐어요. 레오네 부모님이 여행을 가지 않기로 하셨대요. 그게 유일한 낙이었는데! 이젠 여기에 발이 꽁꽁 묶여 버렸다고요."

"파티가 취소된 게 내 책임은 아니잖니?"

아빠가 항변했다.

"책임 있어요! 엄마와 아빠, 두 분은 정말 최악이에요!"

아빠가 뭐라고 대답하려고 하자, 사라 언니가 얼른 부엌으로 떠밀었다. 구스타프도 부엌으로 따라 들어갔다. 아빠는 식탁 앞에서 왔다 갔다 하며 복도의 기척에 귀를 기울였다. 그런데 이번에는 사라 언니가 바락바락 소리를 질렀다.

"지금 엄마에게 전화해서 라모나가 얼마나 형편없이 지내는지 알릴 거예요!"

그 말을 듣고 아빠가 부리나케 복도로 뛰어나갔다.

"안 돼. 엄마가 없어도 우린 이 문제를 잘 해결할 수 있어!"

아빠가 휴대폰을 낚아채려고 하자, 사라 언니는 귀에 더 바짝 눌러 붙였다.

"늦었어요. 벌써 걸었다고요."

아빠는 망연자실한 표정을 지었다. 휴대폰 저편에서 신호음이 울리다가 멈추자, 사라 언니의 얼굴이 구세주라도 만난 듯 확 펴졌다.

"엄마, 저 사라예요. 아뇨, 제대로 되는 일이 하나도 없어요. 라모나가 엄마랑 통화하고 싶대요."

사라 언니가 재빨리 라모나 언니에게 휴대폰을 건넸다.

"엄마, 저 또 여드름이 난 것 같아요."

휴대폰 저편에서 엄마가 일장 연설을 늘어놓는 눈치였는데, 언니는 그게 영 마음에 들지 않는 듯했다. 라모나 언니가 이맛살을 잔뜩 찌푸린 걸로 미루어 볼 때 원하는 대답과는 거리가 한참 먼 것 같았다.

"엄마, 제 말 똑바로 듣긴 하셨어요? 얼굴 여기저기에 여드름이 잔뜩 났다고요. 고래 주파수가 어떤지 제가 어떻게 알아요!"

라모나 언니가 귀에서 휴대폰을 떼자, 엄마 목소리가 새어 나왔다.

"언니, 엄마가 쓸데없는 수다만 떨어."

라모나 언니가 투덜대자, 사라 언니가 휴대폰을 건네받았다.

"엄마, 저 사라예요."

엄마의 훈계가 계속되는 것 같았다.

"알았어요, 그렇게 할게요."

사라 언니가 눈을 흘기며 대답했다. 부엌 문간에 기대선 아빠는 모래가 뼈다귀를 보는 것 같은 불투명한 눈빛으로 휴대폰을 빤히 바라보았다.

"알았어요. 네, 여기 옆에 있어요."

사라 언니가 구스타프에게 휴대폰을 건넸다.

"구스타프, 우리 아기. 어떻게 지내니?"

엄마가 큰 소리로 물었다.

"잘 지내요."

휴대폰 너머에서 솨솨 하는 소리가 들렸다. 처음에는 파도 소리인 줄 알았는데, 엄마가 갑자기 고함을 질렀다.

"구스타프, 내 말 들리니? 연결 상태가 안 좋아."

"네, 잘 들려요."

그때 아빠가 구스타프에게 이상한 신호를 보내기 시작했다. 손을 마구 휘저으며 입술을 달싹였다.

"마렌, 금방 갈게! 난 레드 와인으로 주문해 줘."

엄마가 크게 말하고는 다시 구스타프에게 물었다.

"방학 수첩으로 뭐 했어?"

하지만 구스타프가 대답하기도 전에 다시 반대편에다 대고 고함을 쳤다.

"마렌! 나, 샌드위치도 먹을래. 구스타프, 이제 말해 봐."

"야외 수영장에 갔어요."

"그래? 정말 잘했어!"

아빠가 다시 확실하게 신호를 보냈다. 한 손으로 휴대폰을 귀에 대는 시늉을 하더니, 소리 내지 않고 입술 모양으로 '엄마'라고 말한 다음에 자기를 가리켰다. 전화를 바꿔 달라는 뜻이었다. 구스타프는 알았다는 신호를 보냈다.

"엄마, 아빠가……."

"우리 아기, 제멋대로인 네 언니들 좀 달래 줘. 그깟 여드름이 뭐라고, 정말! 넌 언니들보다 어른스럽잖아. 아이고, 이제 전화를 끊어야겠다."

"엄마, 잠깐만요. 아빠가……."

휴대폰 너머에서 엄마를 부르는 마렌 아줌마 목소리가 얼핏 들렸다. 엄마가 다급하게 말했다.

"국제 전화를 자주 하지는 마. 비싸잖니? 너희가 잘 지낼 거라고 믿어. 이제 끊어야겠다. 언니들에게 안부 전해 줘."

아빠가 기대에 찬 표정으로 휴대폰을 향해 손을 내밀었다. 그러나 휴대폰에서는 뚜뚜 하는 소리가 들려왔다.

"끊겼어요."

아빠는 힘없이 손을 내리더니 어깨를 축 늘어뜨린 채 서재로 걸어갔다.

"마렌 아줌마가 안부 전해 달래요!"

구스타프가 아빠 등에 대고 외쳤다.

모래는 버스를 두 번 탄 뒤부터 제법 능숙한 승객처럼 굴었다. 버스에 올라타 자리를 잡으면 코를 유리창에 눌러 붙인 채 차분한 태도로 눈앞에 펼쳐지는 도시를 내려다보았다.

문이 야외 수영장에 와 있을까? 우리가 딱히 만나자는 약속을 한 건 아니라는 걸 그 애가 알아야 할 텐데. 연합군이라고는 모래밖에 없는 집에서 견딜 수가 없어 나온 것뿐이야. 구스타프는 혼자만의 생각에 골몰했다. 엄마가 전화를 끊자마자 아빠는 곧장 '반에릭 상태'에 빠졌다. 구스타프가 수영장에 가겠다고 하자, 그제야 고개를 들고선 텅 빈 눈길로 바라보았다.

"그래, 생활비 금고에서 간식비를 꺼내 가. 아이스크림이나 뭐 그런 거 사 먹어. 알았지?"

그래서 구스타프는 수영장으로 가는 중이었다. 어찌 됐든 집에 있는 것보다는 나았으니까. 물론 모래 때문에 수영장 안으로 들어갈 수는 없었다. 완두콩 때문에도 그렇고. 그냥 거기 가서 아이스크림이나 하나 사 먹을 생각이었다. 혼자라는 건 하고 싶은 일과 하고 싶지 않은 일을 스스로 정할 수 있다는 뜻이기도 했으니까.

그러나 구스타프는 아주 멀리서부터 문을 한눈에 알아보았다. 그 애는 전날처럼 자전거 보관소 주변을 어슬렁거리면서 스케이트보드 위의 종이 상자에다 빈 병을 주워 담고 있었다. 문이 자기 쪽을 바라보자, 구스타프는 여자아이들이 모여 있는 곳으로 재빨리 숨었다. 하지만 문은 구스타프를 벌써 발견하고 손을 흔들었다. 구스타프도 손을 마주 흔든 다음, 아이스크림 가게 쪽으로 서둘러 발걸음을 옮겼다.

가게 앞에는 긴 줄이 늘어서 있었다. 리네도 있었다. 얼굴이 좀 부은 것 같았다. 구스타프를 본 리네는 미소를 지으려고 입술을 달싹였지만, 입 가장자리가 수상쩍게 떨렸다.

"어젠 잘 들어갔어? 오늘 또 보네?"

구스타프는 별로 궁금하지 않았지만 일단은 안부를 물었다.

"안녕? 근데 난 안녕하지 못해. 어제 저녁에 제롬 오빠가 헤어지자는 거 있지? 아무 이유도 없이 갑자기."

리네가 눈물 콧물을 쏟으며 흐느끼기 시작했다. 생각지도 못한 상황이었다. 구스타프는 안됐다는 생각에 즉흥적으로 리네의 아이스크림을 같이 주문했다. 리네는 훌쩍거리면서 아무 말 없이 아이스크림을 받았다. 그래도 효과가 있는 듯했다. 아이스크림을 반쯤 먹은 뒤에는 더 이상 훌쩍이지 않았으니까. 와플 콘을 먹을 때쯤에는 콧물을 훌쩍 들이마시더니 "멍청한 놈!" 하고 말했다. 그러고는 새빨개진 눈으로 구스타프를 바라보며 동의를 구했다.

"맞아, 멍청한 놈!"

구스타프도 따라 했다.

"개한테 아직도 벼룩이 있어?"

리네가 코 막힌 소리로 묻자 구스타프가 고개를 저었다.

"어제 치료했어."

리네가 모래의 털에 머리를 가져다 대며 말했다.

"나도 이런 개가 한 마리 있으면 좋겠다."

하지만 어떤 개가 너를 원하겠니? 구스타프는 속으로 이렇게 말했다가, 너무 못된 말이라는 생각이 들었다. 리네는 그렇게 나쁜 애가 아니었으니까. 사실 꽤 괜찮은 아이였다. 그래서인가? 다시 야외 수영장으로 가려고 일어섰을 때 리네가 따라나섰지만 아무렇지도 않았다. 귀찮지도, 싫지도 않았다.

수영장까지 가는 그 짧은 시간 동안, 구스타프는 제롬 오빠에 대한 거의 모든 것을 알게 되었다. 오빠가 뭘 잘 먹는지(살라미 피자), 어떤 바지를 즐겨 입는지(엉덩이에 걸쳐 입는 청바지), 엄마 이름이 뭔지(그레타), 리네가 어떤 점을 좋아했는지(웃음, 등에 난 주근깨, 로션 향기)……. 그와 동시에 리네가 제롬 오빠의 어떤 점을 싫어했는지, 또 헤어진 게 왜 다행인지도 알게 되었다.

리네는 정말 견디기 힘들었던 제롬 오빠의 성격들을 줄줄이 늘어놓았다. 오빠는 완전히 이기적인 데다 자기 연민이 심하고 감수성도 떨어졌다. 게다가 리네에게 진심으로 관심을 보인 적이 한 번도 없었다. 운동화 취향도 형편없는 데다, 비뚤어진 코를 볼 때마다 속이 메슥거렸다나?

구스타프는 굳이 대답을 할 필요가 없었다. 그저 이따금 고개만 끄덕였다. 구 남친의 흉을 보는 리네의 혼잣말을 자발적으로 들었다는 걸 아니나가 알면 엄청 즐거워할 텐데……. 정확히 말하면 절반만 자발적이지만. 흉을 심하게 볼수록 리네의 기분은 좋아졌고, 제롬 오빠의 단점에 대한 묘사도 점점 다채로워졌다.

야외 수영장 앞에 도착하자 리네가 큰 소리로 말했다.

"이 세상에 멋진 남자는 셀 수 없이 많으니까!"

그러고는 구스타프의 목을 감싸 안더니 마지막으로 한 번 더 훌쩍였다. 구스타프와 이야기를 나눈 게 너무 좋았고, 이제 더는 제롬 오빠를 위해 눈물을 쏟지 않을 거라고 덧붙였다. 리네는 당장 버려야 할 물건이라도 된다는 듯이 제롬이라는 이름을 재빨리 내뱉었다.

"이야기 들어 줘서 정말 고마워. 남자아이들에게 전혀 관심이 없는 누군가와 이야기한다는 거, 진짜 괜찮은 일인 것 같아."

바로 그 순간, 리네의 어깨 너머로 버스 정류장에 서 있는 문과 모퉁이를 돌아오는 버스가 보였다. 구스타프는 마음이 급해졌다.

"나, 이제 가야 해!"

리네에게 손을 흔들고 서둘러 버스로 달려갔다.

"아이고, 아가씨! 그렇게 서두르지 마."

구스타프가 버스에 뛰어오르는 바람에 모래가 계단에서 넘어질 뻔하자 운전기사 아저씨가 호통을 쳤다. 구스타프는 우뚝 멈추어 서다가 그만 문과 부딪치고 말았다.

별수 없이 우연인 척하며 "안녕?" 하고 인사했다. 하필 이 버스에서 널 만나 살짝 놀랐다는 듯이. 하지만 금세 얼굴이 새빨개졌다. 뭐 어때? 리네를 떼어 버리려고 버스에 탄 건데. 안 그러면 제롬 오빠에 대한 이야기가 얼마나 더 오래 이어졌을지 예상도 할 수 없었다.

구스타프와 문은 나란히 이층으로 난 계단을 올라갔다. 제일 앞으로 가서 구스타프와 모래는 왼쪽 좌석에, 문은 오른쪽 좌석에 자리를 잡았다. 곧이어 버스가 출발했다. 구스타프는 무슨 말이라도 해야 한다는 생각에 조급해졌지만 아무것도 떠오르지 않았다. 문도 마찬가지인 것 같았다. 어쩌면 자기와 이야기를 나눌 생각이 없는지도 몰랐다.

문은 그저 창밖만 내다보고 있었다.

침묵이 길어지자 구스타프는 문이 어제 버스에서 자길 보고 미소를 지었던 게 맞는지 불안해졌다. 어쩌면 실수로 웃은 것 아닐까? 아니, 미소를 짓기는 했나? 그런데 그게 나랑 무슨 상관이람? 입을 꾹 다물고 있든 말든 내가 신경 쓸 일이 아니지. 남자아이들의 수수께끼 같은 행동에 대해 고민하는 건 파울라와 그 패거리나 하는 일이야.

하지만 구스타프는 문의 침묵을 모른 척하기가 어려웠다. 그 침묵은 꼭 방향 감각을 잃고서 금세라도 빠져 버릴 듯한 어두운 바다처럼 느껴졌다.

"진짜 덥네. 방금 우리 옆 반의 리네를 만났어. 아, 넌 모르나?"

구스타프는 침묵의 바다에 부표처럼 떠다니는 문장을 내뱉었다. 어딘가 목적지가 있는 것도 아니고 아무런 관련도 없는 이야기였다.

"우리 아빠와 엄마는 서로 거리를 두고 싶대. 아빠는 엄마와의 관계를 다이어그램으로 그리기까지 했어. 그래서 우린 올해 가족 여행을 떠나지 못해."

구스타프는 자기가 왜 이런 말을 하는지 알 수 없었다. 미처 고민도 하기 전에 입에서 말이 먼저 튀어나왔다. 문은 구스타프를 빤히 바라보았다. 이야기에 귀를 기울이는 게 분명했다.

"다른 때는 캠핑카를 타고 덴마크로 여행을 갔거든. 이따금 힘들고 좁기도 했지만, 뭔지 모르게 아늑하기도 했어."

문이 고개를 끄덕였다. 파란 눈동자가 오후 햇살에 유리처럼 투명해졌다. 잠시 후 문이 입을 뗐다.

"도시에서 여름 방학을 보내는 건 정말 외롭지."

둘은 동시에 버스 앞쪽 유리창을 내다봤다. 도시가 옆으로 스쳐 지나가고 있었다. 위에서 내려다본 거리는 구스타프가 예전에 아빠와 함께 본 커다란 그림책 속의 풍경과 약간 비슷했다. 사방에 작은 이야기들이 숨어 있었다. 문도 나와 같은 이야기를 발견할까? 이제 둘 사이의 침묵은 질문들로 가득한 어두운 것이 아니라, 가벼우면서 뭐든 다 이해할 수 있는 성질의 것이 되었다. 특별히 더 해야 할 말이 없었다. 구스타프는 편안하고 나른한 기분을 느끼며 잠시 눈을 붙이기로 했다. 아주 잠깐 동안만.

"종점입니다. 모두 내리세요."

구스타프는 깜짝 놀라서 꿈에서 깼다. 이야기라기보다는 그냥 색깔에 더 가까운 꿈이었다. 당황한 나머지 처음에는 창밖을, 그다음에는 여전히 옆에 앉아 있는 문을 바라봤다. 문이 변명하듯이 말했다.

"깨워야 할지 말아야 할지 모르겠더라고."

둘은 버스의 마지막 승객이었다. 운전기사 아저씨는 아이들이 내리자마자 재빨리 문을 닫고 속을 풍성하게 채운 샌드위치 포장을 벗겼다. 아이들 쪽은 일부러 보지 않는 것 같았다. 혹시라도 어린 승객들이 길을 잃어서 자기가 퇴근을 미루고 집까지 데려다주어야 할까 봐 걱정하는지도 몰랐다.

구스타프는 어느 방향으로 가야 하는지 알고 있었다. 하지만 모래를 데리고 그 먼 길을 갈 생각을 하자 막막함이 밀려들었다.

"난 이쪽으로 가야 해."

"난 저쪽."

"그래, 그럼 잘 가."

문은 뭔가 기다리듯이 그대로 서 있었다. 구스타프는 망설이다가 문이 있는 쪽으로 한 걸음 다가갔다. 그 순간, 모래가 갑자기 바닥에 쓰러져서 숨을 헐떡이기 시작했다. 구스타프는 쪼그리고 앉아서 빠르게 오르내리는 모래의 배에 손을 가져다 댔다. 늙은 개는 더위와 피로로 온몸을 바르르 떨었다. 그제야 오늘 아침부터 지금까지 모래가 물 한 모금 마시지 못했다는 걸 깨달았다.

가방에서 물병을 꺼냈지만 거의 비어 있었다. 구스타프는 남은 물을 손바닥에 부었다. 모래는 원래 탄산수를 싫어했지만 지금은 그런 걸 가릴 처지가 아니었다. 손바닥이 텅 빌 때까지 허겁지겁 물을 핥아 먹었다. 헐떡거림은 조금 줄었지만 여전히 몸을 일으키지는 못했다. 문이 구스타프 옆에 쪼그리고 앉아서 모래의 머리를 쓰다듬었다.

"내 보드에 태워서 끌고 가자."

"하지만 너무 멀어."

문이 어깨를 으쓱하며 대답했다.

"나, 시간 많아."

구스타프는 모래를 스케이트보드 위에 고정된 종이 상자에 실었다. 모래는 처음에 흥분해서 뱅뱅 돌다가 상자 벽에 부딪힌 뒤에야 안정을 되찾았다. 곧 거만한 표정으로 앉아서는 머리를 치켜들고 귀를 쫑긋 세운 채 여왕처럼 좌우를 둘러보았다. 아이고, 이제 손만 흔들면 되겠네.

문은 스케이트보드를 조심스럽게 끌었다. 여왕의 수레가 흔들리지 않도록 울퉁불퉁한 도로의 포장석을 돌며 노련하게 움직였다. 구스타프는 점차 피로가 가시고 팔짝팔짝 뛸 수도 있을 만큼 힘이 났다. 둘은 주말농장을 가로지르는 지름길을 선택했다. 텃밭과 정원에서는 서로 다른 향기가 마구 뒤섞여 풍겨 왔다. 물을 막 뿌린 잔디밭의 풀 내음과 숯 냄새, 그리고 꽃향기가 한데 섞여 있었다.

"여름에는 열기와 냄새가 가득해서, 네가 금방이라도 빵 터질 것 같다는 생각이 들 때가 있어."

문의 말에 구스타프가 고개를 끄덕였다.

"맞아. 손만 대면 사방으로 터질 듯한 봉선화 씨방이 된 것 같은 느낌이야."

문이 히죽 웃었다.

"그래, 두툼하고 풍성한 봉선화 씨앗 캡슐."

구스타프는 문을 슬쩍 곁눈질했다. 가까이에서 보니 속눈썹이 검고 길었다. 코의 크기도 얼굴과 잘 어울렸다. 머리카락은 밀 색깔이었다. 구스타프는 문의 얼굴이 지금까지 봐 왔던 얼굴들과는 다르다고 생각했다. 그 얼굴에는 우연히 그렇게 생겼거나 중요하지 않은 것은 하나도 없어 보였다.

문은 구스타프와 모래를 집 앞까지 데려다주었다. 구스타프는 작별 인사를 하고 거리를 따라 내려가는 문의 뒷모습을 지켜봤다. 운동화는 중력을 거의 느끼지 못하는 듯이 가볍게 아스팔트 위를 움직였다. 스케이트보드는 요란한 소리를 내며 문의 뒤를 따라 굴러갔다.

구스타프는 건물 입구에서 아빠와 마주쳤다. 아빠는 우유와 냉동 피자를 들고 있었다. 엄마가 주로 해 주던 인스턴트 음식을 아빠가 들고 있으니 뭔가 좀 이상했다. 아빠는 냉동 피자를 볼 때마다 자기 안에 사는 이탈리아인이 우울증에 시달린다고 주장하곤 했는데…….

"그래, 야외 수영장은 어땠어?"

"좋았어요."

"친구도 만났고?"

"아니요."

두 사람은 입을 다문 채 계단을 올라갔다. 현관문을 여는 순간, 사라 언니의 목소리가 들렸다.

"뭐 그리 놀랄 일도 아니지. 우리 집에는 모범이 될 만한 남자 어른이 없잖아."

사라 언니는 방문을 연 채 욕실에 있는 라모나 언니와 이야기를 나누고 있었다.

"아빠는 심각한 루저야!"

"다른 사람이 아빠라면 더 좋았을 텐데."

"그건 말이 좀 심하잖아."

"뭐가 심해? 아빠는 제대로 하는 일이 하나도 없잖아."

"피부가 나쁜 것도 아빠에게 물려받은 걸지도 몰라."

"헐, 진짜 그렇네!"

변기 물을 내리는 소리에 이어 샤워기를 트는 소리가 났다.

"아빠, 나 배고파요."

구스타프는 아빠를 집 안으로 끌어당긴 뒤, 언니들이 똑똑히 들을 수 있도록 문을 아주 세게 닫았다.

구스타프는 아빠가 힘껏 노력한다는 걸 느낄 수 있었다. 아빠는 엄마가 늘 하던 것처럼 초를 두어 개 켜고 창틀에 놓인 시든 꽃병을 식탁으로 옮겼다.

구스타프가 피자 맛이 좋다고 하자, 아빠는 놀란 듯이 눈을 크게 뜨며 푹 잠긴 목소리로 말했다.

"그냥 냉동 피자잖아."

구스타프가 세 번째 피자 조각을 집어 들었다.

"하지만 아빠가 구우면 아주 맛있어요. 정말이에요. 아빠가 요리하는 건 뭐든지 진짜 맛이 좋아요."

아빠가 구슬픈 얼굴로 고개를 끄덕였다.

"고마워."

언니들은 구스타프와 아빠가 조금 전에 자기들끼리 한 말을 들었다는 걸 모르거나, 아니면 알아도 상관이 없는 모양이었다. 부엌으로 달려 들어와서는 라디오를 크게 틀더니 아무 일도 없었다는 듯이 의자에 털썩 주저앉았다.

"왜 우리한테는 같이 먹자고 얘기 안 해요?"

언니들이 남은 피자에 덤벼들었다.

"에이, 다 식었네."

"혀를 델까 봐 걱정해 준 거라면 참 고맙기도 하네요!"

아빠는 황망한 표정으로 언니들을 바라보았다. 구스타프는 아빠의 손을 꼭 잡고서, 언니들은 지금 세상 사람들에게 무조건 적대적인 비상 상태의 사춘기라고 말해 주고 싶었다. 대신에 완전히 제정신인 자기가 이렇게 아빠 옆에 있다고. 그리고 무엇보다 다른 아빠는 절대로 원하지 않는다고 말이다.

그러기에는 둘 사이의 거리가 너무 멀었다. 아빠는 피자를 입 안 가득 물고 쩝쩝대는 언니들을 가만히 바라보았다. 사라 언니가 마지막 남은 피자 한 조각을 한입에 욱여넣고 삼킨 다음 말했다.

"직접 만든 피자였으면 더 맛있었을 텐데."

"뭐라고? 방금 뭐라고 했어?"

아빠의 목소리가 날카롭게 울렸다. 아빠가 몸을 똑바로 세우고 앉았다. 발사 직전의 로켓과 비슷했다.

"아빠가 신선한 피자를 구웠더라면 더 맛있었을 거라고요."

사라 언니의 말에 라모나 언니가 맞장구쳤다.

"어차피 하실 일도 없잖아요."

"정말이지 못 참겠다."

아빠가 자리에서 벌떡 일어나는 바람에 의자가 바닥에 쓰러지며 시끄러운 소리를 냈다. 언니들은 부엌을 나가는 아빠의 뒷모습을 이해할 수 없다는 표정으로 쳐다봤다.

그날 밤, 구스타프는 침대에 누워서 오늘따라 더 피곤하고 빛바래 보이는 창문 너머의 달을 바라보았다. 이상한 일도 아니었다. 달도 외로울 터였다. 별들 사이에 홀로 있으니.

마음의 밀물과 썰물

구스타프는 아침에 눈을 뜨자마자 뭔가 이상하다는 걸 느꼈다. 아빠가 부엌에 있었다. 샤워를 했는지 머리카락이 젖어 있었고, 오랜만에 면도까지 깔끔하게 한 모습이었다. 부엌에서는 스크램블드에그와 애프터셰이브 로션 냄새가 함께 풍겼다.

사라 언니는 의자에 앉아 아빠를 노려보고 있다가, 할 말이 많은 듯한 눈길로 구스타프를 바라봤다. 아빠는 토마토와 파슬리를 다져 넣은 스크램블드에그를 식탁 위에 놓더니 사라 언니에게 커피를, 구스타프에게는 코코아를 가져다줬다.

"오늘 저녁에 외출할 거야. 저녁은 너희가 직접 챙겨 먹어."

아빠는 중요한 일이 있다는 듯이 말했다. 무슨 일인지 물어봐 주기를 바라는 게 분명했다.

"무슨 일인데요?"

구스타프는 의무감에 떠밀려 이렇게 물었다.

"로베르트를 깜짝 방문할 예정이야."

로베르트 아저씨는 아빠의 오랜 친구였다. 아빠가 가사일로 눈코 뜰 새 없이 바쁜 나날을 보내기 이전에 알고 지낸 친구. 어릴 때 로베르트 아저씨를 본 적이 있었다. 아저씨는 구스타프 집에 놀러 와서는 소파에 앉아 담배를 피우며 아빠와 함께 음반을 들었다. 두 사람은 말이 별로 없었는데, 이따금 한 명이 이렇게 말을 걸었다.

"이 음반 들어 봤어? 역사상 유일무이해."

"당연하지, 이제 그 최고의 비트가 나올 차례야!"

두 사람은 여기저기 정처 없이 떠돌아다니기도 했다. 하지만 그건 더 옛날 일이었다. 아빠는 그 이야기를 할 때면 눈을 반짝이곤 했다.

'음악가 에릭'이 '살림꾼 에릭'으로 변해 갈수록 로베르트 아저씨가 집에 오는 일도 점점 뜸해졌다. 아저씨는 여전히 음반 가게를 운영했는데, 아빠가 오늘 저녁에 그곳에 간다는 얘기였다. 어쩌면 둘이 다시 의기투합해 쏘다닐지도 몰랐다.

아빠는 모처럼 기분이 아주 좋아 보였다. 그러면서 늦게 돌아올 예정이니 기다리지 말라고 했다. 무슨 일이 생기면 문자를 보내고, 아무것도 아닌 일로 전화를 하지 말라고 당부했다. 일단 뭐가 됐든지 스스로 문제를 해결해 보라는 얘기였다.

"아빠, 죄송한데요. 아빠가 우리 집에서 그 정도로 대체 불가능한 사람은 아니에요. 하룻밤 정도는 우리끼리 잘해 낼 수 있다고요."

사라 언니가 대꾸했다.

"그렇다면 다행이고. 그런데 라모나는 어디 있니?"

"피부과에 갔어요."

"흠, 의사 선생님이 라모나를 안심시켜 줬으면 좋겠구나. 상상 속의 피부 문제는 유전 때문이라기보다는 피자를 너무 많이 먹거나 불평을 지나치게 하면 생기니까 말이야."

"혹시 뭐 잘못 드셨어요?"

"사라, 시비나 걸 작정이라면 밖에 나가서 다른 사람을 찾아봐. 난 이제 장 보러 갈 테니까."

구스타프와 사라 언니는 놀라서 아빠의 뒷모습을 멍하니 바라봤다.

"누가 아빠한테 새 배터리를 넣은 것 같네."

사라 언니의 목소리에 존경심이 묻어났다. 구스타프도 그 말에 동의했다. 자리에서 일어나 아침 먹은 걸 치우다가 우연히 엄마와 아빠의 관계 다이어그램을 쓰레기통 속에서 발견했다. 구스타프는 다이어그램을 꺼내 자기 방으로 가져가 침대 밑에 숨겼다.

"의사 선생님이 여드름이래요! 여드름! 여름 여드름!"

한참 후, 집으로 돌아온 라모나 언니가 현관 바닥에 주저앉아 흐느꼈다.

"그럼 겨울이면 없어지겠네."

구스타프는 언니를 위로해 보려고 했다.

"그래, 맞아."

사라 언니도 맞장구를 쳤다.

"겨울이 오려면 아직도 한참 멀었어. 햇빛 때문에 악화될 거야! 갈색으로 피부를 그을릴 수도 없어. 방학을 다 망쳐 버렸다고. 햇빛은 어디에나 있잖아! 이젠 아무 데도 나갈 수 없어."

아빠와 구스타프, 그리고 사라 언니가 흐느끼는 라모나 언니를 에워싸고 섰다. 사라 언니조차도 이번에는 라모나 언니를 어떻게 달래야 할지 몰라 쩔쩔맸다.

"아무 데도 나갈 수가 없다고! 빌어먹을 햇빛이 사방에서 내리쬐니까!"

그때 전화벨이 울렸지만 아무도 전화를 받지 않았다. 자동 응답기가 작동하며 엄마 목소리가 들려왔다.

"여보세요? 엄마야. 구스타프 있니? 사라! 라모나! 너희 모두 이 시간에는 아직 외출하지 않았다는 거 아니까 얼른 전화 받아!"

라모나 언니의 흐느낌이 잠시 멎었다. 모두 전화기를 노려보기만 할 뿐, 전화를 받으러 가는 사람은 없었다.

"얘들아, 어떻게 지내니? 전화 좀 해 줘. 언제 영상 통화라도 하자. 보고 싶어. 다시 연락할게. 안녕!"

"엄마가 갑자기 우리를 보고 싶어 하고. 웬일이지?"

라모나 언니가 코를 훌쩍이며 말했다.

구스타프가 야외 수영장 앞에 도착했을 때, 문의 종이 상자는 이미 빈 병들로 가득했다.

"오늘은 집에 일찍 가야 해. 엘라가 아파서 내가 장을 봐야 하거든."

"엘라가 누군데?"

"우리 엄마."

"어디가 편찮으셔?"

"기분이."

구스타프는 뭐라고 말해야 할지 몰라서 입을 꾹 다물었다. 감기나 위염이라면 뭔가 조언을 해 줄 수 있었지만 기분에 탈이 난 적은 없었으니까. 문은 병을 몇 개 더 모은 다음에 다시 구스타프에게 다가왔다. 둘은 잠시 동안 아무 말도 없이 그냥 그렇게 서 있었다. 그러다가 문이 요란하게 코를 한 번 훌쩍이고는 짐짓 다른 곳을 쳐다보는 척하며 말했다.

"같이 가고 싶으면 그러든가."

구스타프는 그게 자기에게 하는 말인지 확신할 수가 없어서 잠자코 있었다. 문이 다시 한번 코를 훌쩍이더니 구스타프를 똑바로 바라보며 말했다.

"같이 가고 싶으면 나랑 가자. 슈퍼마켓에 매직 껌도 있어."

빈 병을 회수 기계에 넣는 일은 무척 재미있었다. 식탐 많은 동물 같은 기계는 식사가 끝나자 트림하듯이 영수증을 뱉었다. 구스타프도 이 기계를 써 본 적이 있었지만, 엄마 아빠와 있을 때보다 문과 같이 이용하는 게 더 재미있었다. 어른들 없이 장을 본다는 것 자체가 무척 흥미로웠다.

둘은 아주 커다란 카트를 하나 골랐다. 반질반질한 바닥 위에서 쌩쌩 미끄러졌기 때문에 아주 조심해야 했다. 문은 정말이지 탁월한 슈퍼마켓 전문가였다. 구스타프는 아빠의 원칙 때문에 달콤한 군것질거리가 있는 선반밖에 몰랐고, 그것조차 제대로 알지는 못했다. 엄마는 별다른 원칙이 없었지만, 대형 슈퍼마켓에 가면 충동구매를 하게 된다면서 잘 가지 않았다.

그에 반해 문은 슈퍼마켓에 대해 빠삭했다. 군것질거리가 있는 선반뿐 아니라 가장 긴 스파게티 면, 부드러운 토스트 빵, 맛있는 토마토소스가 있는 위치를 훤히 꿰고 있었다. 둘은 샐러드와 채소, 주스, 스파게티 면, 토마토소스, 사과, 바나나, 껌, 그리고 모래를 위한 개껌을 하나 샀다. 계산대 직원은 카트를 끌고 오는 문을 매서운 눈길로 쏘아봤다.

"오늘은 돈이 충분하니?"

직원이 부루퉁하게 묻자 문이 대답했다.

"그럴 거예요."

"아니, 그럴 거라고? 저번처럼 물건을 절반 가까이나 다시 선반에 갖다 놓게 하는 건 아니겠지? 그게 아니어도 나는 할 일이 아주 많단 말이야."

직원은 문과 구스타프가 장 본 물건들을 컨베이어 벨트에 올려 하나씩 바코드를 찍었다. 문은 계산된 물건을 봉지에 담았다. 직원이 가격을 말하자, 문이 바지 주머니에서 잔돈을 잔뜩 꺼냈다.

"아, 또 시작이군."

직원이 투덜거려도 문은 눈 하나 깜짝하지 않고 차분하게 잔돈을 세서 건넸다.

"잔돈은 언제나 필요하시잖아요."

"그래, 그 말도 맞아."

큰 소리로 대답하는 직원의 얼굴이 이제 상냥해 보이기까지 했다.

슈퍼마켓 앞에서 잔뜩 긴장한 채 기다리던 모래는 두 사람이 나오는 걸 보고 기쁜 나머지 땅바닥에 오줌을 쌌다. 모래는 슈퍼마켓이 사람들을 집어삼켰다가 나중에 다시 내뱉으면 무척 안심했다. 그것도 팔다리가 그대로 붙은 채로 온전하게 내보냈으니까.

사실 모래는 구스타프와 문이 멀쩡한 것보다도 비계로 속을 채운, 냄새가 많이 나는 뼈다귀를 보고 더욱 기뻐했다. 문이 뼈다귀를 건네자 흥분해서 코를 떨었다. 뼈다귀가 어찌나 큰지 모래의 주둥이 양쪽으로 막 삐져나왔다.

모래는 집으로 가는 동안 고개를 빳빳하게 쳐든 채, 다른 개들의 부러운 눈길을 한껏 즐겼다. 이 도시에 사는 귀여운 퍼그, 채식주의자 불도그, 그림처럼 아름다운 허스키, 우아한 로디지안 리지백들아, 모두 날 좀 봐. 나는 너희가 상상할 수 있는 커다란 뼈다귀만 받은 게 아니야. 스케이트보드를 타고 시내를 돌아다니는 유일한 개라고!

구스타프와 문은 매직 껌 한 봉지를 입 안에 털어 넣었다. 너무 많이 넣는 바람에 말도 못 하고, 입 안에서 작은 사탕 조각들이 바스락바스락 터지는 소리만 들어야 했다.

문이 자물쇠에 열쇠를 꽂기도 전에 현관문이 벌컥 열리면서 옐라 아줌마가 나왔다. 구스타프는 첫눈에 아줌마를 좋아하게 되리라는 것을 예감했다. 아줌마는 짧게 자른 머리 모양에 남자 셔츠를 원피스처럼 입은 채 엉덩이에다 머플러를 두르고 있었다. 발톱에는 색깔이 조금씩 다른 파란색 매니큐어를 발랐고, 손을 움직일 때마다 가느다란 손목에서 금빛 팔찌 여러 개가 잘랑거렸다.

집 안에서는 나무 냄새와 꽃향기가 났다. 내부는 자그마했다. 부엌과 욕실, 커다란 방 하나뿐이었는데, 방 가운데에 두꺼운 흰색 커튼을 달아서 공간을 둘로 나누었다. 현관문을 들어서면 일단 아줌마의 공간이 보였고, 커튼 뒤가 문의 방이었다.

"지금 하는 공부를 끝내면 문도 자기 방이 생길 거야."

엘리 아줌마가 집 구경을 시켜 주면서 변명하듯이 말했다.

하지만 구스타프는 집이 정말 멋지다고 생각했다. 그동안 본 다른 집들보다 조금 작긴 해도 볼거리가 많았다. 특히 문의 방에는 박물관처럼 물건이 가득했다. 사방에 나무와 돌, 나뭇가지, 모래, 조개 등 뭔가 작은 것이 담긴 유리컵들이 가지런히 놓여 있었다.

가장 놀라운 것은 침대 뒤쪽의 벽이었다. 그림이 잔뜩 그려져 있었다. 어떤 것은 크고 알록달록했고, 또 어떤 것은 연필로 그려서 부드러워 보였다. 종이가 아니라 벽에 직접 그린 것이었다. 집에 낙서를 하다니! 우리 엄마가 이걸 보면 난리가 날 텐데! 엄마는 구스타프가 미리 물어보지 않고 벽에 못 하나만 박아도 불같이 화를 냈다.

"이거 다 네가 그렸어?"

엘라 아줌마가 대신 대답했다.

"그래, 모두 문이 그린 거야. 미셸에게서 물려받은 재능이지."

구스타프는 미셸이 누군지 모르면서 일단 고개를 끄덕였다.

아줌마의 방바닥에는 양가죽 두 장이 깔려 있었는데, 그 옆에는 커다란 매트리스가 놓여 있었다. 매트리스 옆에는 물이 반쯤 담긴 컵과 복잡한 이름이 적힌 약통이 즐비했다. 구스타프네 집에서는 엄마가 정말로 아플 때만 침대 옆이 이런 모습이었다. 구스타프의 시선을 눈치챈 옐라 아줌마가 발로 약통들을 양가죽 아래로 슬쩍 밀어 넣으며 미소를 지었다. 입가가 떨렸다.

"여기 좀 봐."

아줌마가 작은 탁자를 가리켰다.

탁자 위에는 초가 세워져 있었고, 두 사람이 함께 찍은 사진이 무척 많았다.

"우린 이 도시에 있는 사진 자판기를 모두 알아. 사진 촬영에 완전히 중독됐거든."

아줌마가 설명했다.

그러는 동안 모래는 코를 킁킁대며 사방을 돌아다녔다. 잔뜩 흥분해 코를 바닥에서 떼지 못하는 걸로 미루어 볼 때, 청소를 자주 하지 않는 듯했다. 옐라 아줌마가 탁자 위에 두껍게 쌓인 먼지를 손바닥으로 얼른 닦아 냈다. 아줌마 방에는 책장이 없는 대신에 방 한복판과 벽 앞에 책 더미가 높이 쌓여 있었다.

"다 대학교에서 보는 책이야. 내가 아직도 학생이라서……. 불쌍한 문이 시험 준비를 도와준다는 이야기는 했니?"

구스타프는 고개를 젓고서 아줌마를 빤히 바라보았다. 옐라 아줌마는 모든 것이 아주 가볍고 나지막했다. 목소리도, 움직임도, 잘랑거리는 팔찌 소리도. 아줌마의 코에는 주근깨가 무척 많았는데, 색이 아주 연해서 잘 보이지 않았다.

"대학에서 철학과 역사를 공부해. 이제는 문이 나보다 더 많이 알걸?"

구스타프는 문이 자연스럽게 가스레인지를 켠 뒤 스파게티를 만들고 채소를 씻는 모습을 지켜보았다. 아줌마는 식기와 꽃을 식탁에 올리면서 학교와 집, 그리고 문의 요리 솜씨에 대해 두서없이 이야기했다. 처음에는 아줌마의 말을 따라잡기가 힘들었지만 언젠가부터 아주 쉬워졌나.

세 사람은 작은 식탁에 모여 앉아 함께 식사를 했다. 엘라 아줌마는 모래에게도 토마토소스를 듬뿍 얹은 스파게티 한 접시를 놓아 주었다. 모래는 아주 행복한 얼굴로 스파게티를 게 눈 감추듯이 먹어 치웠다. 아줌마는 모래와 언제부터 같이 살았냐고 물었다. 구스타프는 자기 기억이 미치는 한 언제나 함께였다고, 그런데 작년부터 모래가 많이 달라졌다고 대답했다. 그리고 문의 방 벽처럼 낙서가 많은, 모래가 오줌을 싸는 벽 이야기도 덧붙였다. 그 벽은 모래에게 개들의 SNS와 같다는 말도 했다. 늙은 개가 즐겨 읽는 잡지 같은 거라고.

"그러니까 모래는 열정적인 벽 독서가로구나."

아줌마가 웃으며 말했다. 구스타프는 고개를 끄덕이고 덧붙였다.

"정열적인 독자이자 오줌싸개예요."

식사를 마친 뒤 문이 설거지를 하고, 엘라 아줌마와 구스타프는 마른 행주로 그릇을 닦았다. 그런 다음에 아줌마는 커튼을 치고 매트리스에 누웠다. 몹시 피곤해 보였다. 이불과 쿠션에 에워싸인 채 누워 있는 아줌마는 마치 어린 소녀처럼 보였다. 구스타프는 아줌마가 자기 부모님처럼 여행을 예약하거나 살림 계획을 세우는 모습을 상상할 수가 없었다.

"공부할 거라고 했잖아요."

문이 비난 섞인 목소리로 말했다.

"그냥 잠깐 쉬는 거야. 너무 피곤해. 왜 그런지 나도 모르겠어."

아줌마가 미안하다는 듯이 미소를 지었다.

"구스타프, 또 놀러 올 거지?"

구스타프가 고개를 끄덕이자 아줌마가 좋다고 말했다.

옐라 아줌마는 구스타프를 자기 쪽으로 끌어당겨 머리에 입을 맞추었다. 깃털처럼 가벼운 입맞춤은 저녁 내내 구스타프의 머리 위에 앉아 있었다. 너무나 부드러운 느낌이었다. 구스타프는 입맞춤이 여전히 거기에 있는지 확인하려고 몇 번이나 머리를 매만졌다. 문은 매트리스 옆에 놓인 가방을 뒤지더니 책을 꺼내 아줌마에게 건넸다.

"할머니께 전화도 해야 돼요. 엄마가 시험 보러 가지 않았다고 이미 말씀드렸어요. 할머니가 화를 많이 내지는 않으셨어요."

옐라 아줌마가 말없이 고개를 끄덕였다.

"구스타프를 버스 정류장까지 바래다주고 올게요."

"그래."

아줌마가 텅 빈 목소리로 대답했다.

문은 바닥을 살피다가 양가죽 아래로 삐죽 나와 있는 약통을 집어 들어 바지 뒷주머니에 넣었다. 엘라 아줌마는 아이들이 아직 그곳에 있다는 사실을 까맣게 잊어버린 듯이 창밖만 물끄러미 내다봤다.

버스 정류장으로 가는 동안 문은 한마디도 하지 않았다. 구스타프는 미셸이라는 사람이 아빠냐고 묻고 싶었지만 차마 그럴 수가 없었다.

"엘라 아줌마, 참 멋있어."

질문을 하는 대신에 이렇게 말했다. 엘라라는 이름을 발음할 때 목소리가 많이 떨렸다.

"도시락만 겨우 싸 주는 그런 엄마는 아닌 것 같아."

문이 고개를 끄덕였다.

구스타프는 무슨 말을 해야 할지 알 수 없어서 입을 다물었다.

"우리 엄마는 밀물과 썰물 시간이 일정하지 않은 바다랑 좀 비슷해. 가라앉은 기분이 아무 때나 오고, 또 가고 싶을 때 마음대로 가."

"지금 밀물과 썰물이 왔어?"

"엄마가 한낮에 매트리스에 누워 계시면 그게 올 수도 있다는 신호야. 저녁에 많은 약을 한꺼번에 삼키는 것도…… 무엇보다 확실한 신호지."

구스타프는 문의 눈동자가 너무나 깊고 슬퍼 보여서 그 속에 빠질 것만 같았다. 그래서 얼른 눈길을 돌렸다. 매트리스에 앉아서 이불에 거의 잡아먹힐 듯이 파묻혀 있는 엘라 아줌마가 눈앞에 보이는 듯했다. 아줌마는 무신경한 엄마는 아니지만, 아들에게 걱정을 끼치는 엄마인 것 같았다.

집에 돌아와 보니, 아빠는 이미 로베르트 아저씨를 만나러 나가고 없었다. 집 안은 완벽하게 어두웠다. 언니들이 유리창이란 유리창은 죄다 침대보로 가려 두었기 때문이다.

"햇빛을 피해야 해. 라모나한테 여름 여드름이 난 거 알지?"

사라 언니가 큰일이라도 난 것 같은 목소리로 다급하게 말하고는 감자칩을 먹으러 발코니로 오라고 했다. 라모나 언니는 얼굴에 갈색 크림을 덕지덕지 칠하고 있었다.

"치료용 흙이야."

구스타프의 눈길을 알아챈 사라 언니가 짜증스럽다는 듯이 말했다.

발코니 전체가 침대보로 뒤덮여 있었다. 감자칩과 선크림 냄새가 가득한, 그야말로 숨 막히는 동굴이었다.

"구스타프, 네 가슴은 좀 어때? 이리 와서 이것 좀 먹어. 그러면 가슴이 더 잘 자랄 테니까."

라모나 언니가 감자칩 봉지를 내밀며 흔들었다. 구스타프의 얼굴이 새빨개졌다.

"아이고, 그만 좀 놀려."

사라 언니가 비난하는 눈길로 라모나 언니를 쏘아봤다.

"자꾸 못되게 굴지 마. 가슴이 자랄 때 어땠는지 난 아직도 생생히 기억나는걸."

"진짜?"

구스타프가 사라 언니에게 매달리듯이 물었다.

"그럼, 엄청 따끔거렸어. 엄마에게 말하기도 창피하고……. 지금도

다 생각나."

"그 후에는?"

"몰라. 그냥 저절로 사라지던데?"

"가슴이 사라졌다고?"

구스타프는 말도 안 되는 희망을 잠시 품었다.

"아니, 창피한 느낌이 사라지더라고. 나중에는 오히려 파티라도 하는 것처럼 기분이 좋아졌어. 어른이 다 된 것 같아서."

구스타프는 라모나 언니의 경험담도 듣고 싶었지만, 언니는 그럴 마음이 없어 보였다. 게다가 사라 언니가 코앞에 종이를 들이미는 바람에 화세가 바뀌었다.

"이왕 파티 이야기가 나왔으니……."

라모나 언니가 헛기침을 하며 말을 꺼내자, 사라 언니가 똑같이 따라 했다.

"맞아, 파티 이야기가 나왔으니 말인데!"

언니들은 집에서 대규모 파티를 열기로 결정했다고 통보하듯이 말했다. 레오네 파티가 취소되었으니 그렇게 할 수밖에 없다면서. 게다가 올해 파티는 외르크라는 오빠 때문에 라모나 언니한테 엄청나게 중요하다는 말도 덧붙였다. 그 외에 자세한 설명은 없었다. 물론 엄마와 아빠가 파티를 여는 데 동의하지 않을 테니까, 구스타프는 끝까지 비밀을 지켜야 한다고 강조했다.

"어차피 엄마와 아빠는 우리에게 더 이상 책임감을 느끼지 않으셔. 엄마는 집을 떠나셨고, 아빠의 정신은 늘 다른 곳에서 헤매시잖아. 그러니 우리도 원하는 걸 할 권리가 있다고."

"부모가 중년의 위기를 겪는 동안, 우리도 뭔가 얻는 게 있어야지."

구스타프도 언니들의 논리를 어느 정도 알아들었다. 하지만 문제가 있었다.

"하지만 아빠의 몸은 항상 여기에 계시잖아."

구스타프의 말에 언니들은 동시에 한숨을 내쉬었다.

"그래, 바로 그게 문제야!"

그때 아니나에게서 문자가 왔다. 파도를 타는 사진을 보내왔다. 아니나 뒤편에는 갈색으로 그을린 가느다란 팔이 하나 보였다. 아마도 파울라의 팔이겠지.

구스티, 안녕! 여기 무진장 좋아. :)

그게 다였다. 구스타프는 삭제 버튼을 눌렀다. 아니나가 양심의 가책을 느껴서 그걸 잠재우느라 소식을 보내는 엄마와 똑같다는 느낌이 들었다.

아빠는 자정을 훌쩍 넘기고서야 집으로 돌아왔다. 소파에서 언니들 사이에 끼여 잠들었던 구스타프는 문소리에 놀라 잠에서 깼다. 언니들도 부스스 눈을 떴다.

"아빠예요? 오늘 어떠셨어요?"

라모나 언니가 거실로 들어오는 아빠에게 물었다.

"정말 좋았어."

아빠가 발코니 문을 활짝 열자, 공기가 탁하게 갇혀 있던 거실에 선선한 여름밤이 밀려들었다.

“악취 제거제랑 향수를 좀 적게 쓰는 게 어때? 너희는 아직 그런 걸 쓸 필요가 없어.”

“그건 저희가 알아서 할게요. 그런데 케케묵은 중년 남자 둘이서 저녁 내내 뭐 하셨어요?”

사라 언니가 짐짓 퉁명스럽게 물었지만, 아빠는 도발로 받아들이지 않았다.

“음반을 들었는데 굉장히 좋더구나. 예전이랑 똑같더라고. 로베르트는 정말이지 음악에 정통해. 지금도 여전히 브란덴부르크 페스티벌을 조직하고 말이야.”

“페스티벌이요?”

사라 언니가 눈썹을 치켜세웠다.

“그래, 너희도 알걸? 아빠가 왕년에 다른 친구들과 함께 포크 페스티벌을 열었다고 얘기한 적 있잖아.”

“다른 친구들이라고요?”

“왕년에 말이죠?”

언니들이 아빠를 불쌍하다는 듯이 바라보았다.

“그런 눈으로 볼 거 없어. 그 페스티벌이 지금도 명맥을 이어 가는 데다 바로 이번 주에 열린다는 소식을 듣고 왔거든. 그 말인즉슨 거기에 함께 갈 수 있다는 얘기지!”

“그런 퇴직자들의 페스티벌에 가자고요?”

"저희는 사양할게요!"

언니들이 콧방귀를 뀌며 비웃었다.

아빠는 싫으면 말라는 듯이 팔을 휘휘 저었다. 그러고는 책장에 꽂혀 있는 수많은 음반 가운데 하나를 꺼내 턴테이블에 올린 뒤 조심스럽게 바늘을 내려놓았다. 처음에는 지지직대는 소리가 나더니, 곧 부드러운 음률과 함께 '집에 다시 돌아왔어.'라는 가사가 들려왔다.

아빠 얼굴에 어떤 표정이 떠올랐다. 구스타프는 그걸 '황홀함'이라고 표현할 수 있을 거라고 생각했다.

"여러분, 팀 하딘입니다!"

언니들은 아빠를 힐끗 쳐다보다가 서로의 얼굴을 마주봤다.

아빠는 스피커에 귀를 바짝 대고 경건하게 음악을 들으며 볼륨을 더 키웠다. 그러고는 팔을 활짝 편 채 바닥에 드러누워 눈을 감았다. 스피커에서는 '난 가족에게서 인정받지 못한 사람이지.'라는 가사가 들려왔다.

"노래를 들어 봐. 얼마나 감미롭니? 음악이라는 건 바로 이런 거야."

아빠의 말은 딸들보다는 수많은 라디오 청취자에게 하는 것처럼 느껴졌다. 언니들은 못 말리겠다는 듯이 손바닥으로 이마를 쿵쿵 두드려 댔다. 그러더니 아빠가 술을 마신 게 분명하다는 듯한 손짓을 하며 킥킥대고는 방으로 쏙 들어가 버렸다. 하지만 구스타프는 아빠를 이해할 수 있었다. 팀 하딘의 목소리에는 사람을 위로하는 뭔가가 깃들어 있는 듯했다.

"따뜻한 이불 같구나. 믿을 수 없을 만큼 부드럽고 완벽하게 나를 감싸는 이불 말이야."

아빠는 구스타프를 바라보며 손가락으로 바닥을 톡톡 두드렸다. 구스타프는 아빠 옆에 누워서 혹시 술 냄새가 나는지 알아보려고 코를 킁킁댔다. 수상한 냄새는 맡을 수 없었다.

"구스타프, 음악만큼 사람을 취하게 만드는 건 이 세상에 없어."

아빠는 이렇게 말한 뒤 다시 눈을 감았다. 구스타프도 눈을 감았다.

어쩌면 그 말이 맞을지도 몰라. 아빠는 음악에 취한 모양이야. 팀 하딘의 목소리는 정말 다채롭네. 마음을 편안하게 하고 또 슬프게 만들기도 해. 문의 눈과도 좀 닮은 것 같아. 아, 말도 안 돼! 이런 건 파울라나 리네 같은 아이들이나 하는 생각이지, 나는 아니야!

구스타프는 엘라 아줌마와 아줌마의 손목에서 잘그랑대던 팔찌, 그리고 그 집에서 풍기던 나무 냄새를 떠올렸다. 또 책 무더기, 아줌마가 추던 생각의 춤, 그리고 아줌마에게 밀려오기 위해 숨죽인 채 기다리던 '가라앉은 기분'을 생각했다.

그때 모래가 비틀거리며 거실로 들어와 축축한 혀로 구스타프의 얼굴을 핥고서 옆에 털썩 주저앉았다.

어쩌면 사랑은 색깔 같은 것일지도

아침에 구스타프가 방에서 나왔을 때, 아빠는 온 집 안을 돌아다니면서 음반과 책을 챙기고 있었다. 키가 크고 마른 데다 머리카락이 긴 아저씨가 현관 문간에 서 있었다. 해골이 그려진 빛바랜 티셔츠를 입고서. 구스타프는 그 아저씨를 금방 알아보았다. 로베르트 아저씨였다. 머리카락이 조금 센 것만 빼고는 예전과 똑같았다.

언니들은 짧은 반바지 차림으로 허리에 손을 척 올린 채 복도에 서 있었다. 구스타프를 본 라모나 언니가 입을 열었다.

"아빠가 집을 나가신대."

"정말?"

아빠는 이미 현관을 나서서 계단을 내려가는 중이었다. 그때 로베르트 아저씨가 다섯 손가락 모두 반지를 낀 손을 내밀어 악수를 청했다.

"구스타프, 안녕? 정말 오랜만이야."

아저씨의 손은 몹시 차가웠는데, 반지들이 구스타프의 손을 아프게 눌렀다. 손을 놓았을 때는 다행이라는 생각마저 들었다.

"언니들 말은 사실이 아니야."

구스타프는 부엌으로 향하는 아저씨를 뒤따라갔다. 아저씨는 커피를 한 잔 따른 후 싱크대에 기대섰다. 구스타프가 자기 티셔츠를 보는 걸 알아채고는 히죽 웃었다.

"그레이트풀 데드라는 밴드야. 샌프란시스코에서 사 왔지."

그러고는 커피를 한 모금 홀짝 마셨다.

"널 마지막으로 봤을 때는 이렇게 작았는데."

아저씨가 자기 무릎께를 손으로 가리켰다.

"아빠는 어디 가시는 거예요?"

구스타프가 물었다. 로베르트 아저씨는 아빠가 휘파람을 불면서 현관문을 열고 들어오는 소리를 듣고 빙긋 웃으며 대답했다.

"아, 그거 말이지. 잠시 동안 캠핑카에서 지내기로 했어. 지금 너무 지쳐 있어서. 하지만 걱정 마. 내가 다시 정신을 차리게 해 줄 테니까."

"저희끼리만 집에 남겨 두는 건 안 돼요. 미성년자 보호 직무 태만이라고요!"

라모나 언니가 부엌 문간에 서서 비난을 퍼부었다.

"얘들아, 캠핑카는 집 바로 앞에 서 있어. 너희 아빠가 오후 시간을 혼자 지낸다고 해서 너희를 소홀히 돌보는 건 절대 아니야. 오히려 너희끼리 자유롭게 집을 쓰게 됐으니 기뻐할 일이지. 그리고 솔직히 말해서 에릭에게도 자기만의 시간이 필요해. 평소에 너희를 돌보느라고 과로에 시달리고 있으니까."

아빠가 부엌으로 들어오더니 이마의 땀을 훔치며 미안하다는 표정으로 구스타프를 바라보았다.

"캠핑카가 쓸모없이 그냥 서 있으니까, 그럴 바엔 제2의 본부로 만들면 좋겠다고 생각했어."

스스로 생각하기에도 설득력이 없는지 자신 없는 말투였다.

"본부라고요?"

사라 언니가 묻자 로베르트 아저씨가 대신 대답했다.

"제2의 집이야."

"그러면 나도 일종의 휴가를 갖는 셈이니까. 너희는 발코니에서, 나는 캠핑카에서 각자의 시간을 보내는 거지."

아빠가 덧붙여 설명했다.

아빠는 지금 중간 지대쯤에 있는 것 같았다. 로베르트 아저씨의 활기와 '반에릭 상태'의 중간 말이다. 아빠의 시선이 부엌을 정처 없이 떠돌았다.

"에릭, 지금 출발하면 내가 가게를 열기 전에 건축 자재 시장에 다녀올 수 있어."

아저씨가 바지 주머니에 든 열쇠를 쩔렁거리며 말했다. 그래도 아빠가 움직이지 않자 팔을 잡고 현관문 쪽으로 밀었다. 아빠는 저항하지 않고 순순히 떠밀려 나갔다.

"둘이 로베르트 아저씨의 오토바이를 타고 가네."

라모나 언니와 구스타프가 침대보 그늘에 앉아 있는 동안, 사라 언니가 발코니 난간 너머를 지켜보며 말했다.

"말도 안 돼!"

"진짜야! 아빠가 아저씨 뒤에 앉아 계셔. 엄청 무서워하면서 나뭇가지에 달라붙은 원숭이처럼 아저씨를 꽉 붙들고 있다고. 어휴, 창피해 죽겠네!"

사라 언니가 다시 침대보 커튼을 꽉 여미며 이맛살을 찌푸렸다.

"진짜로 중년의 위기인가 봐!"

"덴마크 여행을 가지 못한다는 걸 대수롭지 않은 일마냥 이틀 전에 통보한 것만으로도 기가 막힌데 말이지. 하여튼 부모들은 참 웃기다니까!"

"솔직히 우린 이제 다 컸으니까 괜찮다 쳐도 너는……."

사라 언니가 구스타프를 바라보며 말을 이었다.

"아직 어리잖아. 네가 어른이 되어서 이상해지지 않아야 할 텐데."

언니들은 구스타프가 아주 불쌍해 죽겠다는 듯이 바라보았다. 둘의 눈에 연민 비슷한 감정이 보이는 듯했다. 하지만 그건 어디까지나 상상에 불과했다. 사춘기가 완벽하게 해내지 못하는 게 있다면 바로 그 연민일 것이다.

언니들은 구스타프의 반응을 기다렸지만, 정작 당사자는 어떻게 반응해야 할지 알 수가 없었다. 어쩌면 두 사람은 구스타프가 이미 이상해졌다는 신호를 기다리고 있는 건지도 몰랐다.

그때 모래가 다리 사이에 꼬리를 말아 넣고 방으로 들어왔다. 구스타프는 모래가 바닥에 남기는 흔적을 보고 무슨 일이 벌어졌는지 바로 깨달았다.

"모래야, 안 돼! 나가!"

사라 언니가 달려가 모래를 복도로 내몰았다. 라모나 언니는 손을 마구 휘저으며 소리를 질렀다.

"으악, 지독한 오줌 냄새!"

요즘 들어 모래는 밖으로 내보내 달라는 신호를 제때 보내지 못할 때가 많았다. 어쩔 수 없이 자기 몸 아래에 작은 웅덩이를 만든 뒤 털에 오줌을 잔뜩 묻히고서 집 안을 돌아다니는 일이 종종 벌어졌다. 그럴 때면 불쌍한 모래는 아주 창피해했다.

"괜찮아."

구스타프가 모래를 위로했다. 몸이 젖는 걸 얼마나 싫어하는지 알기 때문에, 복도 한복판에 생긴 물웅덩이를 닦은 뒤에 모래의 털을 물로 씻기고 드라이어로 말려 주었다.

"봐, 아무 일도 일어나지 않은 것 같지?"

모래는 구스타프를 바라보며 즐겁게 꼬리를 쳤다. 무슨 일이 벌어졌는지 이미 다 잊은 것 같았다.

"오빠도 속을 좀 태워 봐야 해."

리네가 야외 수영장 벽에 느긋하게 몸을 기대며 말했다. 어제 제롬 오빠에게서 연락이 왔다고 했다. 그게 다가 아니었다. 오빠는 리네와 함께 야외 수영장에 오려고 오늘 일부러 휴가까지 냈다나? 리네는 기뽐에 겨워 폭발하기 일보 직전이었다.

"제롬 오빠는 내가 기뻐서 어쩔 줄 모른다고 생각할 게 뻔해. 하지만 뭘 모르는 소리지. 난 지난 며칠 동안 아주 성숙해졌거든."

구스타프는 고개를 끄덕였지만, 리네가 제롬 오빠의 목에 매달리는 모습이 눈앞에 선하게 그려졌다.

"이상하네, 오늘은 왜 반짝이가 안 보이지?"

리네가 화제를 돌렸다. 구스타프는 처음에 누구 이야기를 하는지 몰랐다.

"아, 맨날 여기서 빈 병 모으는 그 반짝이 레깅스 말이야."

"그 애 이름은 문이야."

구스타프가 말했다.

"우아, 엄청나네! 누나나 여동생은 선이나 스타인 거 아니야? 그치?"

리네가 웃음을 터뜨렸다. 구스타프는 화가 불쑥 치밀었다.

"문에게 누나나 여동생은 없어. 하지만 상당히 멋진 엄마가 있지."

리네가 눈썹을 치켜세우고 구스타프를 바라봤다.

"네가 그걸 어떻게 알아?"

구스타프는 대꾸하지 않고 어깨만 으쓱했다.

"너, 걔한테 관심 있어? 아니면 좋아해?"

구스타프는 얼굴이 빨개지는 걸 느꼈다.

"당연히 아니지!"

리네는 구스타프를 빤히 바라보며 바보처럼 히죽거렸다. 구스타프는 얼굴이 더 새빨개지면서 심장이 두방망이질했다. 아무것도 모르는 리네에게, 그저 발치에 누워 헐떡거리는 모래에게, 아직도 오지 않는 문에게 괜히 화가 났다. 더 이상 리네와 말할 기분이 아니었다.

마침 그때, 제롬 오빠가 나타났다. 리네는 자리에서 벌떡 일어나더니 구스타프에게 잘 가라고 짤막하게 인사를 했다. 그러고는 일부러 느긋하게 제롬 오빠에게 다가가 팔짱을 끼고서 함께 수영장으로 들어갔다.

구스타프는 여전히 기분이 안 좋았다. 리네는 왜 내가 문을 좋아한다고 생각할까? 그건 그렇고, 얘는 도대체 어디에 있는 거야? 이 시간에 여기에서 만나기로 약속을 하지 않았나? 아니, 그건 약속이 아니었던 걸까?

잠시 후, 마침내 문이 나타났다. 그러자 무척 이상한 일이 벌어졌다. 조금 전까지만 해도 구스타프의 몸 안에서 휘몰아치던 폭풍이 순식간에 멎어 버렸다. 분노도 희미해졌다. 귓전에서 쟁쟁거리며 울리던 '너, 걔한테 관심 있어? 아니면 좋아해?' 하고 묻던 리네의 말도 사라져 버렸다. 그 말이 울릴 때마다 얼굴에 피어오르던 열기도 식었다.

신기하게도 문이 눈앞에 있으니까 모든 것이 고요해졌다. 어제보다 더 밝아 보이는 문의 눈동자 속 푸른빛이 구스타프의 몸을 자꾸만 간지럽게 만들었다.

문은 아직 병을 모을 기분이 아니라면서, 오늘은 야외 수영장 안으로 들어가자고 했다. 한눈에 보기에도 거리에는 빈 병이 별로 없어 보였다. 시간이 지나면 나아지려나?

"수영복을 가지고 오지 않았어."

구스타프는 고개를 천천히 가로저었다. 가지고 왔더라도 입지 않았을 테지만.

"상관없어. 그냥 들어가서 수영하는 상상만 해도 되니까."

나쁘지 않은 생각이었다. 다른 사람들과 함께 있지만 그들 사이에 끼지는 않는 거……. 무엇보다 가슴이 커지고 있다는 사실을 리네나 다른 아이들에게 들키지 않아도 되었다. 슈퍼 방학 수첩을 사용할 수도 있고. 그때 문득 모래 생각이 났다.

"모래는 보드에 태워서 몰래 데리고 들어가자."

문이 구스타프의 생각을 눈치채고 먼저 말했다. 하지만 구스타프는 불안한 느낌을 지울 수가 없었다.

"괜찮을 거야. 나만 믿어."

둘은 창구 직원 몰래 모래를 수영장 안으로 데리고 들어갔다. 직원은 계산대 아래에서 무슨 일이 벌어지는지 살필 여유가 조금도 없어 보였다. 그래서 수건 아래로 삐죽 튀어나와 달달 떨고 있는 개의 코를 미처 보지 못했다.

문과 구스타프는 야외 수영장의 풀밭 가장자리를 따라 걸었다. 멀찍이서 리네와 제롬 오빠가 꼭 껴안은 채 누워 있는 모습이 보였다. 그 옆에서는 여자아이들 한 무리가 한낮의 따가운 햇빛에 피부를 그을리고 있었다.

문은 구스타프를 수영장 가장 뒤쪽 구석에 있는 나무 아래로 데리고 갔다. 줄기 가운데가 양쪽으로 갈라진 데다, 가지들이 바닥까지 축 늘어진 나무였다. 나뭇가지가 다른 사람들의 시선, 특히 수영장 안전 요원의 눈길로부터 둘을 완벽하게 가려 주었다.

구스타프는 아니나와 수영장에 오면 늘 풀장 앞쪽 다이빙대 부근에서 놀았다. 이 뒤쪽으로 와 본 적은 한 번도 없었다. 사람이 거의 없고 한적해서 마음에 쏙 들었다.

모래는 나무 둘레를 두어 바퀴 돌며 다른 개들의 흔적을 찾았다. 그러다가 아무 냄새도 맡지 못했는지 커다란 웅덩이를 만들며 오줌을 쌌다. 자기가 남들보다 먼저 온 장소를 마침내 찾은 것이다.

문이 크게 갈라진 나무줄기의 중간을 손으로 어루만졌다.

"혹시 나무가 아플까?"

구스타프가 묻자 문이 어깨를 으쓱하며 대답했다.

"우리는 어차피 반쪽인 채로 세상을 떠돌아다닌다는 이론이 있어. 원래는 하나였는데 반으로 나뉘었대. 그래서 돌아다니면서 사라진 반쪽을 찾는다는 거야. 그 반쪽을 발견해야만 온전하다고 느낀다나?"

"자기 반쪽을 어떻게 알아봐?"

문은 다시 어깨를 으쓱하더니 구스타프 옆에 앉았다.

"그냥 느낄 수 있다던데? 엄마는 미셸에게서 그걸 느꼈대."

"미셸이 너희 아빠야?"

문이 고개를 끄덕였다.

"지금은 어디 계셔?"

"내가 태어나기도 전에 떠났어. 그래서 아빠라고 부르는 것보다 엄마처럼 미셸이라고 부르는 게 익숙해. 엄마 말로, 미셸은 원래 그런 사람이래. 하지만 엄마가 잃어버린 반쪽이어서 사랑할 수밖에 없었다나 봐."

둘은 한동안 그곳에 앉아 풀장에서 들려오는 소란스러운 소리에 잠자코 귀를 기울였다. 구스타프는 문의 눈동자가 조금 전처럼 밝은 파랑인지 확인하고 싶었다. 그래서 슬쩍 곁눈질을 하는데, 어디선가 감자튀김과 마요네즈 냄새가 풍겨 와 코를 자극했다. 구스타프는 그제야 아직 아무것도 먹지 않았다는 걸 깨달았다.

잠시 후, 구스타프는 감자튀김 3인분을 포장해서 조심스럽게 풀밭을 걸었다. 다른 사람들과 최대한 멀리 떨어져서 풀밭을 지나가는데, 하필이면 건너편에서 마주 오던 리네와 딱 마주치고 말았다. 형광색 비키니를 입고 매점으로 살랑살랑 걸어오던 리네가 반가워하며 말을 걸었다.

"어머, 구스타프! 우리 쪽으로 와서 같이 있자. 오빠하고 난 저쪽 뒤에 있어."

리네가 다이빙대 쪽을 가리키며 말했다. 그러다가 구스타프의 손에 들려 있는 감자튀김을 미심쩍은 눈길로 보며 물었다.

"누구랑 같이 있어?"

"응, 문이랑."

구스타프는 이렇게 대답한 뒤 가던 길을 곧장 갔다. 깜짝 놀라서 휘둥그레진 리네의 눈길을 또렷하게 느낄 수 있었다.

감자튀김은 아주 맛있었다. 미지근하고 짭짤했다. 모래는 자기 몫을 다 먹은 뒤 입가에 묻은 마요네즈를 만족스럽게 핥았다. 그러고선 수건이 깔려 있는 곳으로 가서 엎드리더니, 머리를 앞발에 얹고 눈을 스르르 감았다.

문이 스케이트보드에 고정시킨 종이 상자를 떼어 냈다. 둘은 보드 위에 나란히 앉았다. 서로의 티셔츠가 닿을 정도로 가까웠다. 부드러운 바람이 문의 온기와 체취를 구스타프에게로 날랐다. 선크림, 감자튀김, 마요네즈, 엘라 아줌마의 냄새가 뒤섞여 있었다. 그 가운데 오로지 문에게서만 나는 냄새도 있었다.

"너는 나중에 결혼을 할 거야?"

구스타프가 묻자 문이 잠시 생각하다가 대답했다.

"모르겠어, 너는?"

"나도 몰라. 내 생각에 결혼할 때는 사랑과 존경 말고 뭔가 아주 다른 걸 약속해야 할 것 같아. 사랑과 존경이라는 말을 들으면 겁부터 나거든. 언젠가 결혼한다면 상대방이 나에게 제일 맛있는 체리를 남겨 주면 좋겠어. 아니면 침대에서 벽 쪽에 눕게 해 주든가. 난 다른 쪽에서는 잠을 못 자거든."

"그렇다면 나는 아스파라거스 머리 부분을 나에게 주면 좋겠어. 줄기의 빳빳한 섬유질이 이 사이에 끼는 건 아주 질색이니까."

두 아이는 주거니 받거니 서로의 바람을 풀어놓았다.

"그리고 아침마다 코코아를 타 주겠다고 약속하면 좋을 것 같아."

"또 아주 아름다운 이야기를 들려주겠다고 약속했으면."

"맞아."

"아름다운 이야기도 들려주고, 또 무척 비밀스러운 장소를 나에게 보여 주면 좋겠어."

"너희 부모님은 어떠셔?"

문의 질문에 구스타프가 고개를 떨구었다.

"엄마는 결혼이 멍청한 짓이래."

심장이 있는 자리가 갑자기 아주 어두워지고 까마득해지는 느낌이 들었다.

"어쩌면 결혼은 아무 힘이 없는 건지도 몰라. 그러니까 엄마가 집을 쉽게 떠나신 게 아닐까?"

구스타프가 덧붙였다. 목소리에 강한 분노가 묻어났다.

"너희 아빠는? 엄마가 곁에 있기를 바라셔?"

문이 묻자 구스타프는 어깨를 으쓱해 보였다. 내가 그걸 어떻게 알겠어?

둘은 한동안 아무 말 없이 나무를 바라봤다. 이제는 조금 전처럼 따뜻하지 않았다. 풀밭에서 들려오는 소음도 귀에 거슬려 더 이상 듣고 싶지 않았다. 구스타프는 팔과 목덜미에 소름이 돋았다. 문에게서 조금 떨어져 앉았다. 둘의 티셔츠가 닿을까 봐 두려웠다.

구스타프는 아빠의 다이어그램을 떠올렸다. 사랑은 대체 어디에 있을까? 엄마와 아빠도 분명 사랑해서 결혼한 걸 텐데. 그러니까 둘이 진공청소기와 친환경 고기 때문에 싸우기 훨씬 전에 말이다.

그렇다면 지금 그 사랑은 어디에 있는 거지? 허공으로 흩어졌거나 더는 맞지 않아서 조각조각 분해되었나? 아니면 여전히 존재하기는 하지만 너무 잘 숨어 있어서 엄마와 아빠가 미처 발견하지 못하는 걸까? 어쩌면 두 사람은 이제 사랑이 어떤 모습인지 전혀 기억하지 못하는 건지도.

어쩌면 사랑은 색깔 같은 걸지도 모른다. 구스타프는 언젠가 빨간색이 모든 사람에게 똑같은 색으로 보이지 않는다는 말을 들은 적이 있다. 각자 자기만의 빨간색을 본다는 것이다. 모든 색깔이 다 그렇다고 했다. 구스타프는 사랑도 이것과 비슷할 거라고 생각했다. 아마 모든 사람이 사랑을 각자 다르게 느끼겠지. 그러니 두 사람이 같은 감정과 사랑을 느낀다는 건 작은 기적이나 마찬가지인 셈이다.

문과 헤어져 집으로 돌아와 보니, 아빠와 로베르트 아저씨가 캠핑카 앞에 앉아 있었다. 캠핑용 턴테이블과 의자를 펼쳐 놓고는 직접 만든 아이스티를 마시는 중이었다. 아침과는 달리 아빠의 기분이 제법 좋아 보였다. 아저씨는 지친 모래가 바닥에 털썩 주저앉자 배를 쓰다듬었다.

"구스타프, 오늘 드디어 축구 경기에서 주전 선수로 뛰었니?"

로베르트 아저씨는 어쩌면 이렇게 항상 이상한 말만 하는 걸까? 아니나라면 이럴 때 재치 있게 대꾸해 줄 텐데. 물론 그건 순전히 카린 아줌마에게서 물려받은 재능이었다. 카린 아줌마는 사람들이 멍청한 질문을 하는 걸 견디지 못했다. 아빠는 뭐가 재미있는지 웃음을 터뜨리고는 구스타프에게 슬쩍 윙크를 했다. 다시 만난 옛 친구가 상당히 멋지고 재미있다고 생각하는 것 같았다.

"아이스티 마실래?"

아빠가 물었다. 구스타프는 아빠의 컵을 받아 아이스티를 한 모금 마셨다.

"구스타프, 아저씨 가게에 한번 들러. 넌 네 아빠에게서 음악에 대한 탁월한 취향을 물려받은 게 분명하니까!"

아빠는 아주 크게 웃었다. 평소에는 하지 않는 행동이었다.

"구스타프는 진정한 포크 팬이야. 팀 하딘을 아주 깊이 이해한다고."

아빠가 가슴을 두드리며 말하자 로베르트 아저씨가 말을 이었다.

"그렇다면 이번에 열리는 페스티벌에 꼭 와야지. 토요일에 시작해서 수요일까지 열리는데, 너희를 모두 초대할게. 언제까지든 원하는 대로 머물 수 있어. 네 아빠도 이미 오겠다고 했고."

아빠는 초조한 표정으로 컵에 든 얼음을 이리저리 흔들었다.

"월요일은 제 생일이에요."

구스타프가 항의하자 아저씨가 천둥 같은 웃음을 터뜨렸다.

"아이고, 그럼 더 잘됐네!"

아빠가 얼음을 와그작 씹었다.

구스타프는 이상한 기척에 발코니를 올려다보았다. 사라 언니가 휴대폰으로 캠핑카 사진을 찍고 있었다. 그런 다음에 요란하게 손짓을 해 가며 전화 통화를 했다. 그 옆에는 얼굴을 머플러로 가리고 커다란 선글라스를 쓴 라모나 언니가 서 있었다. 잠시 후 두 사람은 다시 침대보 뒤로 사라졌다.

구스타프는 아이스티를 한 모금 더 마시고 집으로 들어갔다. 예상대로 언니들은 엄마에게 고자질을 하고 있었다.

"엄마, 아빠가 제정신이 아니라고요!"

사라 언니가 휴대폰 카메라를 들여다보며 말했다. 영상 통화를 하는 모양이었다. 피부가 보기 좋게 그을린 엄마가 화면 속에서 미소를 짓고 있었다. 뒤쪽은 바다였다. 구스타프를 발견한 엄마가 손을 흔들었다.

"구스타프, 우리 아가. 거기 있었구나! 잘 지내니?"

엄마 목소리에 솨솨 하는 파도 소리가 섞여 들렸다.

"엄마, 지금 제 말 듣고 계세요? 아빠가 로베르트 아저씨랑 오토바이를 타고 동네를 돌아다니면서 창피한 짓을 한다고요. 심지어 캠핑카로 이사까지 갔어요!"

"그래서 지금 거기에서 지낸다고?"

엄마가 묻자 라모나 언니가 끼어들었다.

"방금 보셨잖아요? 캠핑용 의자를 펼쳐 놓고, 마치 주말농장에라도 온 것처럼 행동한다고요. 그건 그렇고, 제 여드름은 조금도 나아지지 않았어요. 관심이나 있는지 모르겠지만요."

"내 눈에는 여드름이 하나도 안 보이는걸? 그리고 아빠가 그렇게 지내는 게 좋다면야, 뭐."

"그러니까 엄마는 지금 아무렇지도 않으시다는 거예요?"

사라 언니가 화를 냈다.

"얘들아, 엄마가 뭐라고 하겠니? 네 아빠는 자유로운 사람이야."

"알겠어요. 엄마는 우릴 그냥 여기에다 버리신 거네요."

라모나 언니가 분통을 터뜨렸다.

"두 분이 이렇게까지 제멋대로 히피처럼 살겠다면, 우리도 우리가 좋아하는 걸 할 거예요. 두 분 못지않게 자유로운 사람이니까요!"

엄마가 너그러운 미소를 지었다.

"나는 너희를 내버리지 않았어. 그냥 네 아빠가 하는 행동을 내가 결정하거나 막을 수 없다는 뜻이지."

사라 언니는 아무 말 없이 그냥 전화를 끊어 버렸다. 그러고는 침대 위에 몸을 던졌다. 언니의 눈에 눈물이 고였다.

"중년의 위기를 맞으면 다 저렇게 쓰레기 같은 소리만 하나? 그동안 우리가 뭘 해야 할지 죄다 결정하고 좌지우지해 왔으면서 말이야."

라모나 언니가 구스타프의 어깨 위에 팔을 얹었다.

"구스티, 아빠가 네 생일에 여기 안 계실 거라는 말 들었어? 페스티벌에 가신대, 글쎄! 불쌍한 구스티, 네가 제일 힘들겠구나."

셋은 한동안 아무 말도 하지 않았다. 잠시 후 사라 언니가 입을 열었다.

"하지만 걱정 마. 우리가 있잖아. 아주 좋은 소식이 있어."

사라 언니는 긴장감을 높이려고 잠깐 말을 멈추었다.

"아빠랑 엄마가 집에 안 계시잖아. 그건 바로 파티를 할 기회라는 뜻이지! 라모나와 함께 궁리해 봤는데…… 네 생일에 아주 거창하게 파티를 열자!"

사라 언니의 목소리는 더 이상 구슬프게 들리지 않았다.

"얼마나 멋질까? 엄마는 마요르카에 계시고, 아빠는 늙은이 페스티벌에 가시잖아. 우리는 여기에서 파티를 연 다음, 정확히 열두 시에 엄청난 불꽃놀이를 하는 거지. 네 열네 살 생일에 진짜 근사한 파티를 했다고 아이들한테 자랑할 수 있게!"

라모나 언니의 말에 사라 언니가 덧붙였다.

"우리 반에 마틸다라는 애가 있는데, 반에서 제일 먼저 엄청난 파티를 한 덕분에 꽤 오랫동안 유명 인사로 지냈어."

언니들은 기대에 찬 눈빛으로 구스타프를 바라보았다.

"너도 부르고 싶은 사람 있으면 누구든 오라 그래."

사라 언니가 뭔가 생각난 듯이 두 눈을 반짝였다.

"그 반짝이 난쟁이도 초대해!"

구스타프는 방으로 돌아가 침대 옆에 누워 있는 모래에게 말을 걸었다.

"언니들은 저녁 내내 바보 같은 말만 할 거야."

모래가 한숨을 푹 내쉬었다. 구스타프의 말에 동의한다는 건지 아닌 건지 알 수가 없었다.

문을 초대하다니! 어쩐지 실현 불가능한 계획처럼 느껴졌다.

"아마도 문은 파티를 좋아하지 않을 거야. 설사 초대한다 해도 올 마음이 없을걸."

모래가 구스타프를 빤히 쳐다봤다. 구스타프는 곰곰이 생각하다가 말을 이었다.

"그럴 수 있어. 파티를 좋아하지 않는 사람도 많으니까."

모래는 눈을 감자마자 코를 골기 시작했다.

구스타프는 아니나 생각을 했다. 아니나가 돌아오면 어떻게 설명해야 하지? 네가 없을 때 생일 파티를 열고 문을 초대했어. 그렇게 말하면 아니나는 절대로 용서하지 않을 텐데.

그때 누군가 구스타프의 방문을 똑똑 두드렸다. 아빠였다. 아빠는 방으로 들어와 침대 가장자리에 걸터앉았다. 아무 말도 하지 않고 주위를 두리번거렸다. 책장과 벽에 붙은 그림들을 꼼꼼하게 살펴보고는 한숨을 푹 내쉬었다.

그러고는 모래가 뭔가 금지된 행동을 하고 나서 짓는 표정과 똑같은 얼굴로 구스타프를 바라봤다. 모래가 그런 얼굴을 하면 감동을 줬지만, 아빠의 경우는 왠지 모르게 창피했다. 구스타프는 아빠가 다시 방을 둘러보았으면 좋겠다고 생각했다.

"캠핑카는 말이야, 아빠에게 휴가가 좀 필요해서……. 집에서는 네 언니들이 날 불편하게 하니까."

그리고 한참 동안 또 말이 없었다.

구스타프는 이런 속 이야기를 듣고 싶지 않았지만, 아빠가 안됐다는 마음이 들어서 잠자코 귀를 기울였다.

"그리고 페스티벌은…… 바보 같은 생각이었어. 거절할 생각이야."

페스티벌에 가지 않는다니, 말도 안 되는 소리였다. 구스타프는 자리에서 벌떡 일어났다.

"그건 안 돼요. 가셔야죠. 다른 것도 아니고 '아빠'가 만든 페스티벌이잖아요!"

아빠는 믿지 못하겠다는 표정으로 구스타프를 바라봤다.

"내가 거기에 꼭 가야 한다고? 진심이니?"

"그럼요, 꼭 가셔야 해요!"

"구스타프, 넌 정말 다정하고 착해. 그렇게 말해 줘서 고맙구나. 그럼 일요일 점심때 갔다가 월요일 아침에 돌아올게. 네 생일에는 너와 함께 있도록."

우주에서 보낸 깜짝 선물

라모나 언니는 일어나자마자 거울을 보더니 사이렌처럼 요란하게 울부짖었다. 전날 저녁보다 여드름이 더 많이 나 있었던 것이다.

"점점 더 많아져."

라모나 언니가 흐느꼈다.

"이러면 파티에 참석할 수가 없다고!"

"쉿! 목소리 좀 낮춰."

사라 언니가 걱정스러운 듯이 라모나 언니의 입을 막으며 서재를 가리켰다.

"어차피 아빠는 우리 이야기 못 들어. 일찌감치 빌어먹을 저 캠핑카로 가 버리셨단 말이야!"

라모나 언니가 더 크게 울음을 터뜨렸다.

"파티를 할 수 없어. 외르크에게 이런 꼴을 보일 순 없다고."

라모나 언니가 징징거리자 사라 언니가 초조해했다.

"아이참, 그날은 구스티의 생일이기도 하잖아. 우리가 마음대로 취소할 수 없다고. 구스티, 너 그러면 엄청 실망할 거지?"

사라 언니가 위협적인 눈길로 쏘아보는 바람에 구스타프는 고개를 끄덕일 수밖에 없었다.

"봐, 완전히 실망할 거라고. 그렇지?"

구스타프는 라모나 언니를 보며 더 분명하게 고개를 끄덕였다. 사라 언니는 라모나 언니에게서 손거울을 빼앗고서 선언하듯이 말했다.

"이제 그만 봐. 그리고 파티는 반드시 열릴 거야."

"내가 뭘 발견했는지 맞혀 봐!"

문이 50유로짜리 지폐를 코앞에 들이미는 바람에 구스타프는 맞히고 자시고 할 것도 없었다.

"그것도 인도 한복판에서 주웠어!"

문은 지폐를 구스타프의 눈앞에 대고 흔들었다. 이렇게 행복해하는 모습은 처음이었다. 그래서 구스타프는 주운 돈은 주인을 찾아 줘야 한다고 배웠다는 말을 차마 하지 못했다. 하긴 인도는 그 누구의 소유도 아닌데, 누구에게 돈을 돌려 줘야 할지 애매했다.

"엄마와 내가 일주일은 생활할 수 있는 돈이야!"

문이 말했다.

50유로가 큰돈이긴 하지만, 구스타프네 가족이 일주일치 시장을 볼 수 있을 정도는 아니었다. 일주일치 장을 보면 영수증에는 거의 언제나 150유로가량이 적혀 있었다. 우유와 주스, 그리고 요거트처럼 금방 다 먹어서 자주 사야 하는 물품을 빼고도 그랬다.

그러니 문이 빈 병을 모으는 건 아주 당연한 일이었다. 그걸로 버는 돈이 상당했다. 엘라 아줌마와 문이 분명히 요긴하게 쓸 터였다. 그러나 오늘은 돈을 주웠으니 병을 모으지 않아도 되었다. 문은 엄마가 좋아하지만 평소에는 돈이 모자라서 사지 못하던 것들을 당장 사러 가고 싶어 했다.

커다란 체리 두 봉지, 수박 한 통, 모래에게 줄 고기, 감초 사탕 두 봉지, 매직 껌 몇 봉지, 감자칩 몇 봉지, 바닐라 소스를 얹은 레드베리, 갖가지 색깔의 동물 모양 젤리, 탄산음료, 제일 비싼 커피 한 통, 커다란 해바라기 꽃다발 하나.

문과 구스타프, 그리고 모래가 숨을 헐떡이고 키득대며 집에 들어섰을 때 엘라 아줌마는 커튼을 친 채 매트리스에 누워 있었다.

문은 커튼부터 젖힌 뒤 엄청나게 커다란 봉지 두 개를 뒤집어 내용물을 이불 위에 쏟아 부었다. 엘라 아줌마가 일어나 앉더니 부은 눈을 손으로 쓸고는 연신 깜박거렸다.

구스타프는 아줌마가 운 것 같다고 생각했다. 하지만 곧 미소를 짓는 걸 보면서 그냥 잠을 잤을지도 모른다고 고쳐 생각했다. 어쨌든 아줌마는 정말 기뻐했다. 물건들을 하나씩 손에 쥐고는 아이들이 엄청난 보물이라도 발굴해 온 양 높이 들어 올렸다. 모래는 매트리스 위에 올라가서 아줌마의 무릎에 주둥이를 대고 바싹 붙어서 누웠다.

"고마워!"

엘라 아줌마가 문득 눈썹을 치켜세우고 문을 바라보았다.

"그런데 돈이 어디에서 났니?"

"우주에서 왔어요!"

문이 진지하게 대답했다. 제대로 된 답은 아니었지만 아줌마의 눈썹은 쉽사리 다시 내려왔다.

"우주는 가끔씩 정말이지 놀랄 만큼 귀가 밝아. 안 그래도 오늘 아침에 체리 생각을 했거든!"

아줌마가 문의 머리카락을 쓰다듬고 이마에 입을 맞추었다. 구스타프의 정수리와 모래의 주둥이에도 입맞춤을 했다. 그러고는 꽃병과 유리잔에 꽃을 꽂아 집 안 여기저기를 장식했다.

그런 다음에 세 사람은 매트리스에 앉아서 배가 불러 더 이상 먹지 못할 때까지 이것저것 마구 섞어 먹었다. 배가 아프고 꾸르륵거릴 때까지. 구스타프와 문이 감초 사탕을 많이 먹는 바람에 심장이 너무 빨리 뛰어서 아줌마가 약간 걱정스러워할 때까지 먹고 또 먹었다.

"괜찮아? 이리 와 봐."

엘라 아줌마가 구스타프와 문의 가슴 위에 손바닥을 얹었다. 가슴이 자라고 있다는 걸 아줌마가 눈치챘을 테지만, 희한하게도 구스타프는 아무렇지도 않았다.

"어머나, 야생마 두 마리가 있네."

아줌마는 이렇게 말하며 웃음을 터뜨렸다.

구스타프는 얼굴이 살짝 빨개졌고, 그렇지 않아도 환한 문의 눈동자는 평소보다 더 밝아졌다. 엄마나 아빠가 이렇게 말했더라면 분명히 창피했을 텐데, 이상하게도 옐라 아줌마가 하니까 참 아름답게 들린다는 생각이 들었다. 아줌마의 말은 언제나 노래 가사처럼 들렸다. 더 크게 틀어서 계속 듣고 싶은 노래 가사.

구스타프는 아줌마가 사랑에 대해, 그러니까 진짜 사랑에 대해 많이 알 거라고 짐작했다.

"아줌마, 사랑이 없어지면 아주 끝나는 거예요? 아니면 다시 찾을 수 있어요?"

구스타프는 묻자마자 후회했다. 아무 말도 하지 않았더라면 좋았을 텐데. 그래도 옐라 아줌마는 그 질문을 조금도 이상하게 여기지 않았다. 웃음을 터뜨리지도, 이상한 눈길로 바라보지도 않았다. 그저 진지한 표정으로 입을 열었다.

"정말로 찾으려고 하면 다시 찾을 수 있어. 확실해. 세상에서 영영 사라지는 건 없거든."

그러고는 구스타프의 손을 세게 거머쥐었다. 아줌마 손은 따뜻하고 건조했다. 구스타프는 영원히 그 손을 잡고 있고 싶었다. 잠시 후, 휴대폰 알람이 울리자 아줌마가 한숨을 푹 내쉬었다. 수업을 들으러 갈 시각이었다. 아줌마는 방학 동안 프랑스어를 배우기로 한 터였다.

"프으으라아앙스어어어!"

옐라 아줌마는 킥킥 웃기만 할 뿐 자리에서 선뜻 일어서려고 하지 않았다. 구스타프도 몇 시간이고 이렇게 매트리스에 앉아 노닥거리고 싶었다.

"안뇽, 귀스타프! 안뇽, 무우운!"

아줌마가 입술을 뾰족하게 내밀어 엉터리 프랑스어를 했다.

구스타프는 웃음이 터졌지만, 문은 하나도 재미없다는 듯이 화가 난 표정을 지었다.

"프랑스어를 배워서 대체 어디에 쓴담! 너희랑 여기 있는 게 수업 들으러 가는 것보다 훨씬 너 재미있는데 말이야."

아줌마는 한숨을 한 번 더 쉬고 몸을 베개에 기대더니 체리를 집어 입에 쏙 넣었다.

"엄마!"

문이 아줌마를 매트리스에서 끌어냈다. 구스타프는 옐라 아줌마의 익살스러운 표정에 웃을 뻔하다가 문의 번뜩이는 눈동자를 보고는 입을 꾹 다물었다. 아줌마도 농담을 멈추고 반항하는 듯한 손짓으로 가방에 책과 노트를 넣었다. 그러는 내내 문은 옆에 서 있었다.

문은 평소와 완전히 달랐다. 구스타프가 옆에 있다는 것도 잊어버린 것처럼 굴었다. 눈동자는 반짝이지도 않았을뿐더러 밝은 파란색은 커녕 차가운 잿빛에 가까웠다. 구스타프는 처음으로 문이 아주 무섭다고 생각했다.

그러나 집 밖으로 나오자 문의 기분이 다시 좋아졌다. 문이 모래와 함께 보드를 타고 사람들 사이를 요리조리 헤치고 나가는 모습을 본 구스타프와 옐라 아줌마는 깔깔 웃느라 제대로 걷지도 못했다.

학교에 도착하자 아줌마는 문에게 눈을 흘긴 뒤 성냥개비처럼 바짝 마른 강사를 따라 강의실로 들어갔다. 강의실 밖은 그늘이 져서 시원했다. 모래는 서늘한 바닥에서 몸을 일으키려 하지 않았다. 구스타프와 문은 벽에 등을 대고 앉아서 스무고개를 하며 놀았다.

풍성하게 수염이 난 키 큰 아저씨가 아이들 앞에 멈춰 서더니, 지금 여기에서 시위를 하는 중이냐고 물었다.

"아마도요?"

아저씨가 문의 대답에 웃음을 터뜨리며 자리를 떠났다.

구스타프는 이제 문을 생일 파티에 초대할 때라고 생각했다. 파티는 내일이었다. 하지만 어떻게 말을 꺼내야 할지 몰라서 일단 헛기침을 했다. 영화에서 많이 봤다. 뭔가 중요한 이야기를 꺼낼 때 자주 쓰는 수법이었다.

집으로 돌아오는 내내 구스타프는 기분이 아주 좋았다. 너무 기쁜 나머지 앞을 제대로 살피지 못했다. 행복이 발포제처럼 마구 솟구치는 중인 자기 마음속만 들여다보았다. 그러다가 어떤 아줌마와 부딪치고 말았다. 아줌마는 오늘 기분이 아주 엉망이었는지 엄청난 분노를 터뜨렸다. 구스타프는 세제 향기를 폴폴 풍기는 폭신한 뭔가에 부딪혔는데, 그것이 낯선 아줌마의 가슴이라는 걸 폭격이 시작되고서야 깨달았다.

"도대체 무슨 생각을 하고 다니는 거야?"

아줌마가 고함을 치며 구스타프 앞을 막아섰다.

"앞을 똑바로 보고 다닐 순 없어? 그래, 너희는 절대로 그렇게 못하지! 아무도 그렇게 못해. 모두 자기 자신만 생각하니까!"

아줌마의 입에서 튀어나온 문장들이 엄청난 속도로 날아왔다. 구스타프는 그 문장들이 아주 오랫동안 아줌마의 내면에 숨죽이고 있다가, 마음에 행복이 가득한 사람과 부딪쳐 튀어 나갈 타이밍을 기다리고 있었을 거라고 짐작했다. 그래야 탈출할 수 있으니까.

가장 좋은 방법은 도망치는 것이었지만 모래가 있어서 그럴 수가 없었다. 구스타프는 폭언의 불꽃놀이를 묵묵히 견뎌야 했다. 아줌마는 욕을 얼마나 많이 쏟아 냈는지 숨까지 헐떡였다.

"내가 너만 했을 때는 이런 버릇없는 행동은 꿈도 못 꿨어!"

하지만 구스타프는 아무렇지도 않았다. 문이 내일 생일 파티에 온다는 생각은 부드럽고 단단한 갑옷이라도 된 듯이 아줌마의 욕설을 튕겨 냈으니까.

집에 도착했을 때, 언니들은 거실에서 파티 때 틀 노래 목록을 짜고 있었다. 아이팟을 아빠의 오디오 장치에 연결한 뒤 볼륨을 최대로 높였다. 음악 소리가 천둥처럼 쩌렁쩌렁 울렸다. 언니들은 구스타프에게 옆에 와서 앉으라고 했다.

구스타프는 조금 전에 만난 불꽃 아줌마 이야기를 했다. 라모나 언니는 그런 분노 조절 장애자가 살인을 저지르는 일이 많다며 무사히 돌아온 게 천만다행이라고 했다. 무더운 날에는 특히 더 심하다면서. 세 사람은 고개를 맞대고 수다에 열중한 나머지 아빠가 거실로 들어오는 것도 몰랐다.

"내 오디오가 너희 마음에 쏙 든다니 참 다행이구나!"

음악 소리가 너무 커서 아빠는 고함지르듯이 말을 했다.

"아빠, 사용할 수 있게 해 주셔서 고마워요."

언니들은 살짝 짜증이 난 듯한 표정을 지으며 고개를 까닥였다.

"그래도 볼륨은 좀 줄이는 게 어때?"

아빠는 직접 오디오 앞으로 가서 소리를 조금 줄였다.

"이 건물에는 다른 이웃들도 살잖아."

"알겠어요. 또 다른 요구 사항은요?"

라모나 언니가 약이 바짝 오른 목소리로 퉁명스럽게 물었다.

"저흰 지금 공부하는 중이거든요."

아빠가 사라 언니의 말에 눈썹을 치켜떴다.

"방학인데 공부를 한다고? 전혀 너희답지 않은걸?"

사라 언니가 귀찮다는 듯이 손을 휘휘 내저었다.

"내일 점심과 저녁에 먹을 피자를 냉동실에 넣어 뒀어. 우유도 충분하고, 생활비 금고에 돈도 들어 있으니까 필요할 때 써."

아빠는 설명을 마치고서 죄책감이 가득한 얼굴로 구스타프를 바라보았다. 순간, 구스타프는 아빠가 마음을 바꿔서 자신의 생일에 집에 있을지도 모른다고 생각했다.

"정말로 내가 페스티벌에 가도 괜찮겠니?"

아빠가 묻자 사라 언니가 구스타프의 발을 세게 밟았다.

"그럼요! 아무 문제 없어요."

구스타프는 찌푸린 얼굴을 활짝 펴고 웃으며 대답했다. 아빠는 마음이 놓이는 듯 미소로 화답했지만, 어쩐지 영 불안해 보였다.

“정말 하룻밤 동안 너희끼리 있어도 될까?”

“아이고, 아빠! 우리가 그 정도로 책임감이 없는 줄 아세요? 그리고 무슨 큰일을 저지르겠어요?”

라모나 언니가 투덜대며 덧붙였다.

“파티라도 벌일 것 같아요?”

라모나 언니의 새된 웃음소리는 사라 언니의 날카로운 눈빛을 받고서야 잦아들었다.

완벽한 우연

다음 날 아침, 아빠가 캠핑카를 몰고 도로의 모퉁이를 돌아 사라지자마자 파티 준비가 시작되었다. 오디오가 있는 거실이 주 무대로, 파티의 심장이 될 예정이었다. 사라 언니는 거실의 스탠드를 죄다 치운 뒤, 나머지 가구 위에 천을 덮었다. 빛은 조금, 음악은 많이, 라모나 언니의 피부 트러블을 가릴 컨실러도 많이, 그리고 음료도 많이. 이게 바로 사라 언니의 좌우명이었다.

하지만 사라 언니가 만드는 볼(포도주에 과일, 향료, 얼음 등을 섞어 만든 차가운 음료)에 뭐가 들어가는지는 라모나 언니조차도 몰랐다. 언니가 음료를 준비하는 동안 부엌문은 굳게 닫혀 있었다. 열쇠 구멍을 통해 요리법을 알아내려던 라모나 언니의 시도는 사라 언니가 문고리에 키친타월을 걸어 놓는 바람에 실패로 끝났다.

라모나 언니도 슬슬 기분이 좋아졌다. 외르크 오빠에게서 문자가 왔기 때문이다.

"외르크가 온대!"

언니는 들뜬 목소리로 말하고는 불안한 듯이 덧붙였다.

"제일 친한 친구를 데려온다는데 이게 좋은 뜻일까?"

라모나 언니는 사라 언니를 쫓아다니며 휴대폰을 코앞에 바짝 들이밀었다.

"그만 좀 해. 제일 친한 친구를 데려오는 건 그린 라이트야! 그 친구가 너를 확인하고 오케이 하려고 오는 걸 테니까."

"만약에 친구가 반대하면?"

"아이고, 라모나. 지금 너무 긴장하고 있어. 이 파티는 올 여름 최고의 이벤트가 될 거야. 그러니까 그냥 느긋하게 기다려."

사라 언니는 이렇게 말하고는 아빠의 추억 상자에 보관 중인 디스코 볼을 가져오기 위해 창고로 갔다.

마침내 일곱 시가 되자 손님들이 하나둘 오기 시작했다. 일곱 시 반이 되자 일 분마다 한 번씩 초인종이 울렸다. 몇몇은 구스타프도 낯이 익었지만 대다수는 처음 보는 사람이었다. 사라 언니는 냉장고에 '와인 먼저, 맥주 나중은 금지. 맥주 먼저, 와인 나중은 괜찮음'이라고 쓴 쪽지를 붙였다. 집 안에 토사물이 가득한 꼴은 볼 수 없다나.

얼마 지나지 않아서 집 안은 손님들로 꽉 찼다. 사람들은 손에 잔을 들고 사방에 서서 이야기를 나누었다. 이른 저녁 시간인데도 벌써 음악에 맞추어 몸을 슬쩍슬쩍 흔들어 댔다. 흡연자들은 침대보로 가려서 어둡게 만든 발코니로 몰려 나갔다.

라모나 언니는 처음에 걱정스러운 얼굴로 화장실을 들락날락하면서 여드름을 살폈지만, 막상 외르크 오빠와 친구가 나타나자 언제 그랬냐는 듯이 완전히 다른 사람으로 변했다. 두 사람이 현관에 들어서자, 언니는 방금까지 어깨에 걸치고 있던 카디건을 벗고는 고개를 빳빳하게 들고서 집 안을 돌아다니며 사방에 미소를 보냈다.

외르크 오빠와 친구가 근처에 올 때마다 큰 소리로 웃으며 머리카락을 뒤로 넘겼다. 그리고 오빠가 말을 걸면 짐짓 못 들은 척하며 사람들 틈으로 사라졌다가 몇 분 후에 다시 나타났다. 사라 언니는 이 모든 과정을 지켜보면서 라모나 언니를 향해 고개를 끄덕여 보였다. 구스타프는 두 사람이 이 작전을 '접촉하지 않기'라고 부르고 있으며, 그 효과를 맹신하고 있다는 걸 이미 알고 있었다.

파티 초반에 구스타프는 자기 방을 가끔 들여다보며 침대보를 반듯하게 잡아당기거나 동물 인형들이 옷장에 잘 숨어 있는지 확인했다. 자기 방은 문의 방보다 크긴 했지만 어딘지 모르게 지루하고 좀 유치한 것 같았다. 그리고 거실에 있을 때는 초인종이 울릴 때마다 문간에서 나는 소리에 귀를 기울였다. 낯선 목소리가 들려올 때마다 연거푸 실망하고서, 다음번에는 반드시 문일 거라고 기대했다. 하지만 초인종이 아무리 자주 울려도 문의 목소리는 들려오지 않았다.

'늦네. 문이 아니잖아. 안 오는 걸까? 정말로 안 오네.'

언젠가부터 초인종이 더 이상 울리지 않았다. 어쩌면 구스타프가 기다리는 걸 포기했기 때문에 그렇게 느끼는 건지도 몰랐다. 음악 소리가 점점 더 커졌다. 몇몇 손님들은 이제 거실에서 담배를 피웠다. 사라 언니가 발코니로 나가라고 했지만, 은근슬쩍 거실로 돌아와 담배를 계속 피웠다. 그사이에 라모나 언니와 외르크 오빠는 소파에 바짝 붙어 앉아 있었다.

구스타프는 부엌에서 외르크 오빠의 친구를 만났다.

"안녕? 난 올리버라고 해. 멋진 파티지만 아는 사람이 거의 없네. 너는 어때?"

"나도 그래."

올리버 오빠는 골똘히 생각에 잠긴 얼굴로 숟가락을 들어 음료가 담긴 유리 그릇을 휘저었다. 달콤한 향기를 내뿜는 음료에는 복숭아와 딸기뿐만 아니라 병뚜껑도 들어 있었다. 올리버 오빠가 플라스틱 컵에 음료를 따르다가 구스타프에게 물었다.

"너도 마실래?"

구스타프가 고개를 끄덕이자 올리버 오빠가 음료를 컵에 따라서 건넸다. 그러고는 자기 컵을 앞으로 내밀었다.

"건배!"

구스타프는 조심스럽게 잔을 부딪친 뒤 음료를 한 모금 마셨다. 의외로 과일 맛이 제대로 나서 꽤 맛있었다. 한 모금 더 마시자 머리가 약간 어지러웠다. 올리버 오빠가 냉장고에 붙어 있는 쪽지를 가리키며 말했다.

"말도 안 되는 소리야. 와인 먼저 마시고 맥주를 나중에 마셔도 괜잖아.”

그러다가 갑자기 불안한 표정으로 구스타프에게 물었다.

“그런데 너, 술 마셔도 돼?”

“그럼, 당연하지!”

구스타프는 과시하듯이 일부러 음료를 한 모금 더 마셨다.

올리버 오빠에게서는 섬유 유연제 냄새가 났다. 갈색으로 그을린 팔에 난 금빛 솜털은 몹시 부들부들해 보였다. 구스타프는 그 솜털을 쓰다듬어 보고 싶은 충동을 느꼈다. 그러다가 깜짝 놀라서 음료를 한 모금 더 마셨다. 어쩌면 이게 사라 언니가 만든 음료의 비밀인지도 몰랐다. 괴상한 생각을 하게 만들고, 기분 좋게 머릿속을 웅웅 울리게 만드는 것. 그때 현관문에서 초인종 소리가 들렸다. 누군가 초인종을 마구 눌러 댔다.

구스타프는 문이 온 거라고 생각했다. 늦게 와서 얼른 안으로 들여보내 달라고 다급하게 초인종을 누르는 걸지도 몰랐다. 그래서 깡충깡충 뛰어 올리버 오빠의 옆을 지나고, 초인종 소리를 전혀 듣지 못하는 손님들을 지나쳐서 현관문으로 잽싸게 달려갔다. 사람들에게 초인종 소리는 온 집 안을 뒤흔들고 바닥을 진동시키는 비트의 일부에 불과했다.

그러나 문 앞에 서 있는 사람은 문이 아니라 경찰이었다. 한 명은 나이가 좀 들어 보이는 여자였고, 다른 한 명은 키가 크고 마른 젊은 남자였다.

“안녕하세요?”

여자 경찰이 먼저 입을 열었다. 구스타프도 공손하게 인사했다.

"네, 안녕하세요!"

머릿속에서 가볍게 윙윙대던 소리가 경찰들을 본 순간 깡그리 사라졌다.

"그런데 너……, 몇 살이니?"

경찰이 구스타프를 빤히 바라보며 물었다. 구스타프는 아무 대답도 하지 않았다. 지금 이 순간, 입을 열면 엄청나게 불길한 일이 벌어질 것만 같았다. 경찰은 구스타프를 날카로운 눈빛으로 노려보다가 동료에게 말했다.

"일단 얘 알코올 검사부터 해야겠어. 기껏해야 초등학생 정도로 보이는데 술을 마셨네. 안 봐도 뻔해."

남자 경찰이 구스타프를 흘낏 보고서 대답했다.

"그런 것 같네요."

구스타프는 헛기침을 했다. 기껏해야 초등학생 정도라니, 이런 모욕이 어디 있단 말인가!

"열네 살! 내일이면 열네 살이 돼요."

그 순간, 사라 언니가 무리를 헤치고 다급하게 뛰어나와 구스타프 앞을 막아섰다.

"안녕하세요? 죄송해요. 저희가 좀 시끄러웠죠? 오늘이 제 열아홉 번째 생일이라서요."

여자 경찰은 구스타프를 다시 살펴보려 했지만, 사라 언니가 동생을 손님들 쪽으로 얼른 떠밀었다. 남자 경찰이 이웃에서 야간 소음 때문에 신고가 들어왔다고 말한 뒤 한숨을 쉬고 덧붙였다.

"제대로 된 파티를 즐긴 게 언제인지 기억도 안 나지만요."

그러자 여자 경찰이 사납게 눈을 흘기고는 사라 언니를 제치고 집 안으로 들어섰다.

"당장 음악 소리부터 줄여요!"

남자 경찰은 사람들이 모여 춤을 추는 모습을 부러운 눈길로 바라보며 열광했다.

"지금 흐르는 음악, 정말 끝내주네요."

"저 앨범 전체가 완전 대박이에요."

사라 언니가 맞장구를 쳤다.

거실에서 나온 라모나 언니가 사라 언니의 목에 매달려 기분 좋은 듯이 탄성을 내질렀다.

"외르크와 잘되고 있어!"

어찌나 흥분했는지 경찰들이 눈에 들어오지도 않는 듯했다.

곧이어 음악 소리가 작아졌다. 사람들이 실망해서 웅얼웅얼 항의하는 소리가 들려왔다. 그러자 여자 경찰이 꾸짖는 소리가 이어졌다. 경찰은 당당한 걸음걸이로 현관을 나서며 말을 이었다.

"우리가 여기 다시 오게 되면 그땐 오디오를 압수할 겁니다. 알아들었어요?"

"네, 그럼요!"

사라 언니가 콧소리를 냈다. 라모나 언니도 킥킥대며 알았다고 대답했다.

"이웃들이 불편해해서요."

남자 경찰은 사라 언니에게 안타까운 눈길을 보내며 여자 경찰에게 끌려 나갔다. 사라 언니는 얼른 문을 닫고 불안해하는 손님들에게 손으로 승리의 브이 자를 그려 보였다. 파티는 계속되었다.

"오, 사, 삼, 이, 일, 영! 구스타프, 생일 축하해!"

사라 언니와 여자아이들이 요란하게 고함을 지르는 가운데, 라모나 언니가 발코니에서 폭죽을 터뜨렸다. 집 안은 다시금 음악 소리로 시끄러워졌다. 잠시 후, 라모나 언니와 외르크 오빠는 서로를 부둥켜안고 키스를 했다.

라모나 언니가 터뜨린 폭죽의 폭약 주머니가 집 앞 떡갈나무의 가지 사이에 걸렸다. 오랫동안 더위가 이어진 데다 비가 오지 않아서 떡갈나무의 잎사귀들은 죄다 축 늘어져 있었다. 잠시 후 타닥타닥 소리와 함께 요란하게 폭죽이 터졌다. 분수처럼 솟구치던 불꽃이 나뭇잎에 옮겨 붙더니 순식간에 불이 붙었다. 불길이 잎사귀들을 차례차례 핥으며 도미노처럼 번졌다.

집 안에서는 음악 소리가 한층 더 크게 울렸다. 어둠 속에서 불꽃이 불안정하게 깜빡거렸다. 사람들은 불길이 번지는 나무를 홀린 듯이 바라보았다. 라모나 언니와 외르크 오빠도 키스를 멈추었다. 모두 떡갈나무를 보고 있는데, 갑자기 음악이 꺼지면서 거실 전등불이 환하게 켜졌다. 일순간 고요가 찾아왔다.

"구스타프!"

누가 부르는 소리에 구스타프는 뒤를 돌아보았다. 자기 앞에 서 있는 사람이 누구인지 알아보는 데 시간이 좀 걸렸다. 손에 커다란 선물과 케이크를 들고 있었다.

"엄마!"

엄마 옆에는 머리가 덥수룩하고 손에 아무것도 들지 않은 사람이 서 있었다.

"아빠!"

손님들은 벗어 두었던 가방과 옷을 챙겨 서둘러 집을 나섰다. 폭풍이 오기 전에 사라지는 동물들처럼 부리나케 도망쳤다. 아빠는 소파에 주저앉아 바닥에 흩어진 음반들을 쓰라린 눈길로 바라보면서 양손으로 쉴 새 없이 머리카락을 쓸었다. 엄마는 짐과 케이크를 내려놓고는 허리에 손을 얹은 채 거실 한복판에 버티고 섰다. 고함을 지르지 않으려고 참는지 아랫입술을 꽉 물고 있었다.

구스타프는 엄마가 태풍의 눈이 될 거라고 생각했다. 이 폭풍은 열흘 넘게 지속된 답답한 열기 이후에 오는 격렬한 악천후가 될 터였다. 도망치는 건 불가능했다. 마지막 손님이 나간 뒤 현관문이 닫히자마자 엄마가 입을 뗐다. 폭풍이 시작된 것이다. 처음에는 엄마와 아빠가 고함을 질렀다. 이후에는 라모나 언니와 사라 언니도 같이 목소리를 높였다.

모두 고함을 지르는 가운데, 구스타프는 엄마가 자기를 깜짝 놀라게 해 주려고 갑자기 나타났고, 아빠는 집에 뭔가 이상한 일이 생겼다는 느낌에 일찍 돌아왔다는 걸 어렴풋하게 깨달았다. 언니들이 온종일 하는 일이라고는 휴대폰을 들여다보는 것뿐인데, 전화나 문자를 해도 아무 반응이 없었기 때문이다.

엄마와 아빠가 중년의 위기를 극복했다는 사실을 알려 주기 위해 함께 돌아왔을지도 모른다는 구스타프의 기대는 여지없이 깨졌다. 둘이 함께 나타난 것은 완벽한 우연이었다. 부모님은 자정이 넘은 시각에 거실에서 파티를 마주하게 되리라고는 상상도 하지 못했다. 이 우연이 불러온 단 하나의 장점이라고는 부모님의 분노가 아이들보다는 서로를 비난하는 데 집중되었다는 것뿐이었다.

"당신은 어떻게 아이들만 집에 남겨 두고 외출을 할 수가 있어?"

엄마가 소리쳤다.

"그걸 하필이면 당신이 나에게 묻다니, 기가 막히는군! 당신이야말로 지독한 이기주의자야. 우리를 여기에 남겨 두고 혼자 마요르카로 갔잖아!"

아빠가 맞받아치며 고함을 질렀다. 그 말에 엄마가 엄청나게 흥분했다.

"내가 이기주의자라고?! 나는 밤낮으로 가족을 위해서 일했어. 지난 몇 년 동안 혼자 여행을 간 적도 없고. 그러니 일주일 정도는 날 위해 휴가를 떠날 수 있는 거 아니야? 딱 한 번, 길지도 않은 일주일 동안만이라도!"

아빠가 주먹으로 문틀을 내리치는 바람에 구스타프는 움찔 놀랐다.

"당신 생각에 나는 집에서 노는 것 같아?"

고함이 다시 처음부터 되풀이되었다.

아이들은 아무 말 없이 거실에서 나왔다. 구스타프는 고함 때문에 잊어버린, 불이 붙었던 떡갈나무를 흘낏 바라보았다. 폭죽이 터지기 전과 다름없이 나무는 상하지 않고 그대로였다. 불도 꺼진 상태였다.

구스타프가 방에 돌아와 보니, 웬 커플 한 쌍이 침대에서 꼭 끌어안은 채 잠들어 있었다. 처음에는 모래인 줄 알았는데, 이불 아래로 두 사람의 윤곽이 드러났다. 구스타프가 두 사람을 흔들었지만 일어나지 않았다. 나가서 도움을 요청할까 생각도 해 보았지만, 엄마와 아빠가 너무 큰 소리로 싸우는 바람에 불에 기름을 붓는 격이 될까 봐 차마 그럴 수가 없었다.

구스타프는 너무 피곤해서 그냥 바닥에 누워 자기로 했다. 모래 옆에 누운 뒤 개를 품에 꼭 안았다. 모래는 가만히 있었다. 따뜻하고 부드러웠다. 규칙적인 호흡이 잔잔한 파도 소리처럼 느껴졌다. 모래의 숨소리는 구스타프를 꿈속으로 이끌었다. 구스타프는 아빠 품에 안겨 집으로 들어오는 꿈을 꾸었다. 어릴 때 자동차에서 잠이 들면 늘 그랬다. 오랫동안 칠을 하지 않았는데도 계단에서는 방금 바른 듯한 페인트 냄새가 났고, 아빠의 셔츠에서는 바다 향기가 풍겨 왔다.

마음의 균열

아침에 일어나 보니, 구스타프는 침대에 누워 있었다. 어제 이곳에 다른 사람이 누워 있었다는 증거는 방바닥에 떨어져 있는 누군가의 팬티 한 장뿐이었다. 그 오렌지색 넝마의 정체를 깨닫는 데는 시간이 좀 걸렸다. 그러다가 모든 것이 한꺼번에 생각났다. 요란했던 파티, 불붙은 폭죽, 엄마와 아빠의 등장, 자기 침대에 누워 있던 커플, 열네 번째 생일, 그리고 파티에 오지 않은 문!

엄마는 아침 식사를 하고 돌아오면 집이 완벽하게 청소가 되어 있기를 바란다는 내용의 쪽지를 남겼다. 청소가 끝나면 전화를 하라고 했다. 언니들은 부엌 의자에 앉아서 커피를 마시고 있었다. 구스타프의 생일을 잊었는지 축하 인사도 하지 않았다. 그저 하품을 하고 키득거리며 웃을 뿐이었다.

"아이고, 엄마 정말 무섭더라!"

사라 언니의 말에 라모나 언니가 큰 소리로 웃음을 터뜨렸다.

"그때 폭죽이 터질 건 또 뭐야? 진짜 웃겨."

라모나 언니가 말하자 사라 언니가 어깨를 들썩이며 웃었다.

그때 아빠가 부엌으로 들어왔다.

"아가씨들이 벌써 일어났군!"

아빠는 피곤한 듯이 휘청이며 찬장으로 다가가 컵을 꺼낸 뒤 커피 메이커를 들고 커피를 부었다. 언니들이 요란하게 고함을 질렀다.

"아빠, 그거 저희 커피예요!"

아빠는 대꾸도 하지 않고 남은 커피를 자기 컵에 모두 따랐다.

"저흰 엄청 피곤하고, 이제 집 청소도 해야 한다고요. 그러려면……."

라모나 언니가 사라 언니의 말을 뚝 끊고 끼어들었다.

"영혼! 영혼을 붙잡으려면 커피가 필요해요!"

아빠는 항의에도 아랑곳없이 씩 웃었다.

"내가 너희의 연합군이 아니라는 건 알지? 물론 나도 부모님 몰래 파티를 열었던 적이 있긴 하지만. 그건 그렇고, 오늘 구스타프 생일 파티를 해야지. 그러니 엄마가 곧 돌아왔으면 좋겠구나. 물론 그렇다고 너희가 저지른 일이 아무렇지도 않다는 건 절대 아니야! 그저 이 모든 일에도 불구하고 오늘은 축제가 되길 바란다는 거지."

아빠가 구스타프를 품에 꼭 안았다.

"구스티, 생일 축하한다."

"축하해!"

언니들도 커피 잔을 높이 들고 한목소리로 외쳤다.

아빠가 구스타프를 살짝 떼어 낸 뒤 머리끝부터 발끝까지 훑어보며 말했다.

"어제저녁 이후로 좀 자란 것 같은데?"

그러고는 주머니에서 작은 상자를 꺼내 구스타프에게 건넸다.

"네 안에 포크 음악을 향한 열정이 있다는 걸 이제 알았으니까."

아빠는 각자 해야 할 일을 알려 주었다. 어쨌든 성리와 청소 분야의 대가였으니까. 언니들도 그건 인정할 수밖에 없었다. 언니들은 아빠와 함께 난장판인 집을 원상 복구하는 책임을 맡았다. 구스타프에게는 마지막으로 방들이 정말 깨끗한지 살핀 뒤, 눈에 띄는 소소한 결함을 제거하는 임무가 맡겨졌다.

"이건 부당해요. 우리는 빌어먹게 힘든 일을 하는데, 구스타프는 사실 아무것도 안 하는 거잖아요."

사라 언니가 입술을 불퉁하게 내밀고 투덜거렸다.

"너희가 그 빌어먹을 일을 저질렀으니까 그렇지. 내가 도와주는 걸 다행이라고 생각해."

아빠는 이렇게 말하고서 사라 언니에게 진공청소기를, 라모나 언니에게는 막대 걸레를 쥐여 주었다.

"우린 구스타프의 생일 파티를 미리 한 거라고요."

아빠가 날카로운 눈빛으로 노려보자 언니들은 입을 꾹 다물었다.

세 사람이 음악을 크게 틀고 기운을 돋우며 청소를 하는 동안, 구스타프는 잠시 외출을 하기로 마음먹었다. 자기에게 보잘것없는 일을 준 이유는 언니들의 불만을 잠재우기 위해서일 터였다. 모래는 더위에 너무 지쳐 있어서 도저히 데리고 나갈 수가 없었다. 아이스크림이나 오줌을 싸는 벽 이야기를 해도 그저 나른한 표정으로 고개만 들었다. 구스타프는 처음으로 모래의 나이가 정말 많다는 생각을 했다.

밖은 견디기 힘들 정도로 무더웠다. 도로 저편이 흐릿하게 보이고 발밑의 아스팔트가 내려앉는 느낌이 들 정도였다. 모래가 없으니 반쪽이 된 듯했다. 의지할 곳 없이 길을 잃은 느낌이었다. 하지만 이대로 집에 돌아갈 수는 없었다. 그랬다가는 언니들의 사악한 손아귀에 붙잡히고 말 테니까.

게다가 오늘은 생일이었다. 다른 사람들이 뭘 하든 말든 개의치 않고 내가 원하는 걸 할 테야. 예를 들면 초콜릿 시럽을 더블로 올린 커다란 아이스크림을 먹는 거지. 그 이상은 아무것도 떠오르지 않았다. 구스타프는 문의 집 쪽으로 걸어가기 시작했다. 그쪽으로 가다가 중간에 방향을 틀어서 아이스크림 가게가 있는 거리로 갈 생각이었다. 그냥 살짝 에움길로 가는 것뿐이었다.

멀찌감치 문의 집이 보이자 구스타프는 다리가 후들거렸다. 집 바로 앞까지 계속 걸었다. 커튼이 쳐져 있었지만 발코니 문은 열린 상태였다. 구스타프는 제자리에 멈춰 섰다. 엘라 아줌마가 밖으로 나와서 자기를 발견하고 여기서 뭐 하냐고 묻기를 기대했는지도 모른다. 아니면 문이 발코니로 나오기를 바란 걸까? 하지만 만나면 무슨 말을 해야 할지 알 수 없었다. 그러거나 말거나, 이런 생각이 다 무슨 소용이람? 어차피 아무 일도 일어나지 않을 텐데.

발코니는 오후의 햇살 속에 잠긴 채 낮잠을 자는 듯 고요하기만 했다. 옐라 아줌마도, 문도 보이지 않았다. 구스타프는 문이 발코니로 나와서 자기를 발견하고는 아무 일도 없었다는 듯이 행동한다면 정말 끔찍할 거라는 생각이 들었다.

물렁물렁한 아스팔트 속으로 자꾸만 발이 빠지는 듯한 느낌이었다. 여기에 영원히 뿌리박혀 있겠구나. 문의 집 바로 앞에서 생일 기념비가 되겠어. 아주 멋진 상상이야. 이제 문과는 단 한 마디도 하지 않을 거야. 문이 내 생일 파티에 오지 않았다는 걸 매일 기억해야지.

구스타프는 시간이 얼마나 흘렀는지 알 수 없었다. 놀랍게도 발이 바닥에서 쉽게 떨어졌다. 그때 멀리서 문이 걸어오는 게 보였다. 오르막을 올라오는 중이었다. 구스타프는 도망치려고 했지만 그대로 서 있었다. 뜨거운 아스팔트가 발목을 잡고 있는 것 같았다. 그러다가 문득 다리가 움직여져서 샛길로 도망친 뒤 나무 그늘 아래에 숨었다. 다리가 떨려서 바닥에 그대로 주저앉은 채 몰래 문을 지켜보았다.

문은 어딘가 좀 달라 보였다. 어깨가 축 늘어져 있었고, 고개도 들지 않았다. 아이의 뒤에서 아무렇게나 덜커덕거리며 따라오는 스케이트보드는 피곤에 지친 짐승 같아 보였다. 뭔가 이상했다. 누군가 문의 몸에서 공기를 다 빼낸 것만 같았다.

집에 와 보니 엄마가 생일상을 차리고 있었다. 꽃과 케이크, 그리고 알록달록 포장된 선물들이 가득한 생일상은 무척 아름다웠다. 엄마는 자랑스러운 목소리로 마요르카 포장지라고 말했다. 구스타프는 오래전부터 바라던 운동화와 요요를 받았다. 마음껏 기뻐하고 싶었지만 왠지 모르게 기분에 뿌연 먼지가 끼어 있는 듯이 껄끄러웠다.

아빠가 아무리 분위기를 띄우려고 해도, 또 바라 마지않던 운동화를 받아도 기분이 통 나아지지 않았다. 게다가 파티 사건으로 인한 엄마의 분노는 가라앉은 것이 아니었다. 구스타프의 생일이라서 그저 미뤄 둔 것뿐이었다. 그조차도 완벽하게 미루지 못해 곳곳에 폭발물이 숨어 있었다. 지뢰밭을 걸어가는 듯이 아슬아슬한 기분이었다.

그런데도 언니들은 천하태평이었다. 두 사람의 피로는 짜증스러운 쾌활함으로 바뀌어 억제하기 힘든 킥킥거림으로 표출되었고, 결국 엄마의 매서운 눈길을 받고서야 줄어들었다. 아빠는 화해를 위해 노력하면서 컵에 커피와 아이스티를 계속 따라 주었다.

구스타프는 선물 포장지를 풀 때마다 요란하게 감사 인사를 했다. 엄마가 두려웠다. 무더위와 피로, 그리고 도로 끝에서 본 문의 모습이 구스타프의 마음에 균열을 만들었다. 이제 엄마가 야단까지 친다면 그 자리에서 산산이 부서질 것만 같았다.

늦은 오후, 구스타프는 현관에서 아빠와 마주쳤다. 아빠는 이불과 베개를 캠핑카로 옮기는 중이었다.

"그냥 며칠만 거기에서 지내는 거야. 엄마가 진정될 때까지만."

저녁에는 라모나 언니와 사라 언니가 구스타프의 방에 들어와 침대를 검사했다. 둘은 베개에 코를 박고 누구의 향수 냄새인지 알아내려고 했지만 그것 역시 허사였다. 팬티 브랜드도 단서가 되지 못했다. 사라 언니가 팬티를 손가락 끝으로 집어 올리며 말했다.

"구역질 나, 정말! 침대에 누워 있던 아이들 생김새를 자세히 설명해 봐."

구스타프는 불청객들을 기억해 내려고 애썼다.

"남자는 금발에 곱슬머리였어."

"유스틴이구나!"

"여자는 긴 갈색머리였고."

"머리 길이는?"

구스타프가 양손으로 어깨를 가리켰다.

"어쩌면 더 길었는지도 몰라."

"아이고, 구스티. 잘 생각해 봐. 머리칼을 하나로 묶었어?"

구스타프는 여자 코의 피어싱을 어렴풋하게 떠올렸다.

"유스틴이랑 메를레잖아!"

사라 언니가 새된 비명을 질렀다.

"말도 안 돼. 둘이 네 침대에서 뭘 한 거지?"

라모나 언니가 캐물었다.

"자고 있었어. 그래서 내가 바닥에서 잤다고."

"너, 정말 둘이 쿨쿨 잠만 잤다고 믿는 건 아니지?"

사라 언니는 웃다가 눈물까지 흘렸다.

언니들에게 한바탕 시달린 뒤, 구스타프는 모래와 함께 산책을 나갔다. 개는 평소보다 더 굼떴다. 오줌을 싸는 벽에 도착해서는 왼쪽 다리를 너무 높이 들어 올리다가 그대로 쓰러져 벽에 부딪혔다. 모래는 구스타프의 도움을 받고서야 다시 일어섰다.

집으로 돌아오는 길에 다시 한번 캠핑카를 지나왔다. 캠핑용 의자들은 접힌 채 차에 기대어져 있었다. 캠핑카 안에서 나지막하게 코 고는 소리가 들려왔다. 구스타프는 조심스럽게 차 문을 열었다. 아빠가 머리를 침대 발치에 둔 채 누워 자고 있었다. 집으로 돌아오는데 발코니에서 언니들의 목소리가 들려왔다.

"구스티, 여기 좀 봐!"

화분에 꽂아 둔 빗자루에 걸린 오렌지색 팬티가 바람에 흩날리고 있었다.

"우리 집에서 올해 최고의 파티가 열렸고, 유스틴이 네 침대에서 메플레랑 숫총각 떡지를 떼었다는 증거야!"

라모나 언니가 고함을 질렀다.

네 마음에 들었으면 좋겠어

문, 나는 이제부터 이렇게 할 생각이야.

너랑 스케이트보드에 함께 앉지 않을 거야.
너랑 매직 껌을 씹지도 않을 거고,
이것저것 뒤죽박죽 장을 보는 일도 없을 거야.
옐라 아줌마 학교에 가서 너랑 연좌시위를 하는 일도 더 이상 없어.
이제부터는 너 혼자서 빈 병 회수 기계를 사용해.

사실 난 너를 잘 몰라. 너는 전학생이잖아.
그냥 반짝이 난쟁이일 뿐이라고.

바깥 기온은 연일 최고 기록을 갈아 치우는 중이었지만 집 안은 그야말로 빙하기였다. 파티 다음 날 엄마가 보인 냉정한 분위기는 전조에 불과했다. 곧 좋아지리라는 희망조차 품을 수 없었다.

엄마가 집에 머무는 시간은 얼마 되지 않았지만, 집에 있을 때면 다른 사람들은 모두 발끝으로 걸어 다녔다. 엄마가 하는 말들은 모두 마렌 아줌마에게 돌아가고 싶다는 암시를 품고 있었다. 두 마디 중 한 마디는 아빠를 더 이상 믿을 수 없는 데다 대단히 실망스럽다는 내용이었다.

사라 언니는 매번 똑같은 잔소리라며 엄마의 등 뒤에서 대놓고 하품을 했다. 구스타프 보기 부끄럽지 않냐고, 책임감 없이 행동했다는 엄마의 비난은 귓등으로도 듣지 않았다. 그저 올해 최고의 파티를 주최했다는 사실에만 도취되어 있었다.

라모나 언니는 입을 꾹 다문 채 사람들 눈에 거의 띄지 않았다. 발코니에 천을 드리우고 귀마개를 한 채 휴대폰만 노려보면서 대부분의 시간을 보냈다.

구스타프는 아니나의 귀향을 즐거운 마음으로 기다리고 싶었지만, 갈수록 불안하기만 했다. 아니나와 파울라가 모래 언덕에서 돌아오기나 할지 의심스럽기까지 했다.

어쩌면 둘은 이미 가족들과 헤어져서는 바닷가에 사는 느긋한 프랑스 남자들과 어울리고 있는지도 몰랐다. 설령 아니나가 집으로 돌아온다고 해도 다시 내 옆으로 올까? 우리 둘이 파울라 얘기를 하며 예전처럼 웃을 수 있을까? 아니나와 파울라가 쉬는 시간에 머리를 맞댄 채 내가 프랑스 해변의 비밀스러운 장소들을 모른다며, 또 프랑스 남자들의 시선을 받으며 선탠을 하는 게 어떤 느낌인지 모른다며 비웃으면 어쩌지?

구스타프의 생일 사건으로 혼란을 겪은 모래는 모두의 진로를 방해하면서 복도에 떡 버티고 서 있었다. 엄마는 무뚝뚝하게 모래를 훅 밀쳤는데, 그 서슬에 개가 옆으로 쓰러져도 그대로 내버려 두었다.

모래는 닫힌 문이나 벽 앞에 서 있는 일이 예전보나 잦아졌다. 어느 날 저녁에는 부엌 식탁 아래에서 길을 잃어버렸다. 식탁 아래의 의자 사이에서 낑낑거리며 불안에 떨면서도 밖으로 나오지 못했다. 구스타프가 애를 써서 밖으로 유인했을 때는 이미 바닥에 한바탕 오줌을 싼 뒤였다.

구스타프는 모든 창문에 커튼이 드리워져 있고, 부엌에 쓰레기가 쌓이고, 악취 제거제와 선크림과 감자칩 냄새가 사방에서 풍기던 시절이 차라리 그리웠다. 언니들의 지배 아래에서 지내는 게 쉽지는 않았지만 편하기는 했으니까.

그때는 잠옷 차림으로 아침을 먹으러 나올 수도 있었다. 엄마는 이제부터 아침에 옷을 제대로 갖춰 입고 부엌에 들어오라고 했다. 잠옷 바람으로 늘어져 있는 게 신경에 거슬린다고, 모두 그렇게 축 늘어져 있는 게 짜증난다고 하면서.

"하지만 여기에 잠옷 바람으로 앉아서 몇 시간이나 커피를 마신 사람은 엄마였잖아요."

사라 언니가 화를 내자 엄마가 싸늘하게 웃으며 대답했다.

"시대가 변했잖니?"

"밥 딜런이네."

사라 언니가 무슨 소리냐는 듯이 라모나 언니를 바라보았다.

"밥 딜런의 노래 가사라고."

라모나 언니가 중년의 위기 포럼에 접속해 보았지만, 엄마의 행동에 대한 그럴듯한 이유는 찾을 수가 없었다. 그래서 엄마가 따뜻한 성격을 마요르카에 놓고 왔다고, 어쩌면 비밀 모임의 영향 때문인지도 모른다고 추측했다.

라모나 언니가 말하는 비밀 모임은 엄마가 마요르카에서 매일 아침 함께 산책하고, 지금도 부지런히 이메일을 주고받는 사람들을 뜻하는 듯했다. 언니는 중년의 위기일 때 나타나는 전형적인 모임이라고 설명했다.

한편, 아빠의 캠핑카는 집보다 훨씬 편하고 아늑했다. 아빠는 캠핑용 의자에 앉아서 아이스티를 마시고 크래커를 먹었다. 그리고 그곳에는 언제나 음악이 흘렀다.

"휴가니까."

아빠는 끝없이 한숨을 내쉬면서 구스타프의 머리를 쓰다듬었다. 그럼에도 불구하고 구스타프는 저녁에 슬리퍼를 신고 터덜터덜 나타나는 로베르트 아저씨에게만은 적응하지 못했다. 하모니카 부는 방법을 친절하게 가르쳐 주었는데도 그랬다.

구스타프는 얼른 아니나가 돌아오길 바랐다. 그 애가 여기에 있다면 가족에게 의지할 필요가 없었다. 아니나가 프랑스에 가지 않았더라면 문을 만날 일도 없었을 텐데, 그리고 계속 문을 생각하지 않아도 되었을 거고.

파티 이후로 구스타프는 야외 수영장에 한 번도 가지 않았다. 문이 거기에서 자길 기다리거나 말거나 아무 상관 없었다. 절대로 만나고 싶지 않았다.

그런데 기다리고 있기는 할까? 어쩌면 문은 아무렇지도 않은 게 아닐까? 어쨌든 나도 아무렇지 않아. 이보다 더 아무렇지 않기도 어렵다고. 구스타프는 그렇게 생각하기로 했다.

자연사 박물원의 창구 직원이 불쌍하다는 눈길로 구스타프를 흘낏 바라보았다. 40도나 되는 날씨에 혼자 박물관에 찾아오는 여자아이는 뭔가 분명히 이상한 점이 있을 거라고 생각하는 게 뻔했다. 하지만 방학 수첩을 어딘가에 사용해야만 했다.

박물관에는 구스타프 말고 어른 두어 명밖에 없었다. 전시실에 들어서자 도시의 무더위와 분주함이 바로 떨어져 나갔다. 방문객들은 천장이 높은 전시실을 조용하게 오갔다. 이곳에서는 꼭 필요한 소음만 낸다는 무언의 약속이라도 있는 듯했다.

구스타프는 대리석 바닥에서 올라오는 서늘함과 고요함을 조용히 즐겼다. 전시실을 천천히 둘러보다가 박제된 나비와 파충류 앞에서 걸음을 멈추었다. 마치 다른 세상에서 온 소식처럼 느껴졌다. 알코올에 들어 있는 파충류와 양서류는 정신 나간 발명가의 집에서 훔쳐온 것만 같았다.

박물관 뒤쪽 전시실에는 새들이 있었다. 구스타프는 그곳에 자기밖에 없다고 생각하다가 어떤 할아버지와 할머니를 발견하고선 깜짝 놀랐다. 조용히 움직이려고 애를 쓰는 다른 방문객들과 달리, 두 사람은 소리라는 걸 한 번도 내지 않은 듯이 고요했다. 그들은 날개가 크고 하얀 새 두 마리가 들어 있는 진열장 앞 벤치에 앉아 있었다.

구스타프는 벤치로 다가가 두 사람 옆에 앉았다. 진열장 안에 있는 한 쌍의 새들은 부리가 닿을 정도로 서로를 향해 고개를 돌리고 있었다. 구스타프는 유리에 붙어 있는 설명글을 읽었다.

앨버트로스

슴샛과의 바닷새. 몸의 길이는 91cm, 활짝 편 날개의 길이는 2m 정도이다.

비행력이 강해 오래 날 수 있고, 지치면 바다 위에 떠서 쉰다. 일부일처제로 생활하며 2년에 한 번, 알을 품기 위해 파트너를 만난다. 한 쌍의 앨버트로스는 평생 함께 살아간다.

구스타프는 주름이 가득한 두 노인의 얼굴을 곁눈질로 살폈다. 지쳐 보이면서도 아주 맑은 표정이었다. 손에는 얼굴보다 주름이 더 많았고, 갈색 반점들이 여기저기 흩어져 있었다. 할아버지의 손 위에 할머니의 손이 놓여 있었는데, 할머니는 이따금 할아버지의 손이 거기에 있는지 확인하려는 듯이 지그시 누르곤 했다. 그러면 할아버지도 손가락을 움직여 응답했다. 거의 눈에 띄지 않을 정도로 미미한 모스 부호 같았다.

구스타프는 그제야 바깥에 폭풍이 몰아친다고 해도 두 사람을 걱정할 필요가 없다는 걸 깨달았다. 한 사람이 바람에 날아가면 다른 사람이 꼭 붙들 테니까. 그리고 둘이 함께 날아간다고 해도 상관없을 듯했다. 어쩌면 아주 아름다운 일일지도 몰랐다.

할머니가 구스타프를 바라보며 미소를 지었다. 미소라고 하기엔 그저 입 가장자리가 살짝 떨린 정도였지만. 그러고는 다시 새들을 바라보았다. 구스타프는 거기에 그대로 한참 동안 앉아 있었다. 두 쌍의 앨버트로스 사이에서 홀로. 뺨을 타고 흘러내리는 눈물을 그냥 내버려 둔 채.

집으로 돌아온 구스타프는 엄마에게 아빠의 캠핑카에 한번 가 보는 게 어떻겠느냐고 물었다.

"생각보다 엄청 편해요."

엄마가 식기세척기에서 접시 한 무더기를 꺼내 하나씩 건넸다.

"내 발로 절대 가지 않을 장소가 딱 한 군데 있다면, 바로 그 냄새나는 캠핑카야. 게다가 로베르트는 옛날부터 싫었어."

"아저씨는 가게 문을 닫은 뒤에야 와요."

"그 사람은 웬 말도 안 되는 소리를 그렇게 하는지. 참 이해가 안 돼. 그릇들을 좀 더 깔끔하게 정리할 수는 없니? 너희가 그릇을 찬장에 아무렇게나 넣는 걸 보면 머리가 돌 것 같아."

구스타프는 그릇들이 덜거덕거리게 마구 포개고는 아무 말 없이 부엌을 나왔다. 엄마가 아직 그릇 정리가 끝나지 않았다고 소리를 지르거나 말거나 신경 쓰지 않았다. 복도에 있는 모래를 안아 들고 자기 방으로 왔다.

침대 밑에서 아빠의 다이어그램을 꺼내 원과 화살표를 가만히 바라보았다. 원과 화살표들이 박물관에서 만난 노부부의 손처럼 한데 얽혀 있었다. 하지만 이건 온기가 없는 한낱 다이어그램에 불과했다.

학교에서 과제로 만들었던 날씨 다이어그램은 길고 답답한 여름날이 지나고 마침내 비가 쏟아질 때에 구스타프가 느낀 기분을 온전히 담아내지 못했다. 어떤 띠나 화살표도 뺨에 와 닿는 첫눈의 간질거림을 표현해 낼 순 없으니까.

아빠의 다이어그램도 마찬가지였다. 거기에서 사랑을 찾을 수는 없었다. 구스타프는 원과 화살표가 흩어져서 서로 녹아들 때까지 한동안 다이어그램을 빤히 노려보았다. 그런 다음에 종이를 잘게 찢어서 바닥에 흩뿌렸다.

시간이 얼마나 흘렀을까? 구스타프는 현관 초인종 소리를 듣고 깊은 잠에서 깼다. 누군가 문을 여는 소리가 들렸다. 발을 끄는 소리로 미루어 라모나 언니인 듯했다.

"구스타프 있어요?"

현관문 앞에서 라모나 언니와 이야기하는 사람이 누군지 깨닫기까지는 시간이 조금 걸렸다.

"구스타프!"

라모나 언니가 방문을 두드렸다. 노크를 세 번이나 해도 대답이 없자 문을 벌컥 열었다. 침대 밑에 숨은 구스타프의 눈에, 문간에 서 있는 문의 운동화와 라모나 언니의 맨발이 들어왔다.

"구스타프에게 전할 말 있어?"

"그냥 생일 선물을 주려고 들렀어요."

"내가 전해 줄게."

두 사람은 현관문 쪽으로 사라졌다.

"네가 다녀갔다고 전할게."

문이 닫히는 소리가 들렸다. 곧 라모나 언니의 발이 구스타프 방의 문간에 다시 나타났다.

"구스티, 다음에 널 찾아온 손님을 만나지 않으려고 침대 밑에 숨을 때는 말이야. 엄지발가락이 침대 밖으로 삐져나오지 않게 조심해. 그런 건 확실히 해야 효과가 더 크니까."

구스타프가 모래를 산책시키러 건물 밖으로 나가자 계단에 앉아 있던 문이 벌떡 일어났다. 구스타프는 모른 척하며 돌아서려 했지만 이미 늦어 버렸다.

모래가 문을 발견하고는 행복한 표정으로 축축한 주둥이를 아이의 셔츠에 가져다 댔다. 구스타프는 문이 그곳에 없다는 듯이 행동하기로 마음먹었다. 다리가 무진장 떨리지만 아무렇지도 않은 척하며 계속 움직여야지. 문은 여기에 없는 거야.

"구스타프, 잠깐 서 봐."

구스타프가 삐걱이며 멈춰 섰다.

문이 더듬더듬 할 말을 골랐다.

"엄마의 기분 때문이었어."

문은 그렇게 말한 뒤 구스타프와 눈을 맞추려고 고개를 들었다. 구스타프의 시선은 문을 바라보지 않기 위해 여기저기 헤매었다. 문은 거기에 없는 거니까.

“엄마를 집에 혼자 두고 나올 수가 없었어. 우리 엄마가 기분이 완전히 가라앉았을 때 어떤 모습인지 너는 몰라. 그럴 때 엄마는 그 자리에 없어. 어딘가로 멀리 떠나 있거든. 무슨 일을 벌일지 모른다고.”

구스타프는 옐라 아줌마를 떠올렸다. 손목에서 잘랑거리던 팔찌를, 밝은 웃음소리를, 물감을 떨어뜨리는 것 같던 가벼운 입맞춤을. 그리고 아줌마의 눈길이 텅 비었던 짧은 순간을 생각했다.

기분이 가라앉으면 그럴 테지. 그러면 문의 옆이 아니라 어딘가 다른 곳에 있는 거야. 그 미지의 장소는 위험해. 그건 누구라도 느낄 수 있어. 그곳은 옐라 아줌마 같은 사람들이 사라져 버릴 수 있는 장소야. 아줌마가 거기에 있을 때 혼자 내버려 두어선 안 돼.

구스타프는 무슨 말을 해야 할지 알 수 없어서 입을 꼭 다물고 그냥 걸었다. 걷는 건 말하는 거랑 조금 비슷한 듯했다. 어쨌든 서서 입을 다물고 있는 것보다는 나았다. 문이 구스타프의 뒤를 말없이 따라왔다.

구스타프는 모래가 오줌을 싸는 벽에 이르러 갑자기 발걸음을 멈추었다. 그 바람에 문은 하마터면 구스타프와 부딪칠 뻔했다. 모래는 벽에 새로 칠한 페인트 냄새 때문에 어리둥절해하는 것 같았다. 다른 때처럼 코를 바닥과 벽 사이에 대고 킁킁대는 대신에 몇 미터 떨어진 곳에 그대로 멈춰 서 있었다.

구스타프와 모래는 회색으로 칠한 벽 앞에 우두커니 서 있었다. 벽

중간에는 '칠 주의'라는 안내판이 걸려 있었다. 한참이 지난 뒤에야 문이 물었다.

"이게 모래의 그 오줌 벽이야?"

구스타프가 고개를 끄덕였다. 모래는 새로 칠한 벽에 제일 먼저 오줌을 쌌다.

"우아, 구스타프. 반짝이 닌쟁이가 너에게 그렇게 푹 빠진 줄은 몰랐네."

사라 언니가 감동한 듯한 표정으로 머리를 절레절레 흔들었다. 선물을 준다는 핑계로 구스타프를 방으로 부른 언니는 파란색 포장지로 아무렇게나 둘둘 만 작은 선물을 내밀었다.

"아니야!"

구스타프가 소리를 꽥 질렀다.

사라 언니는 선물을 구스타프의 눈앞에서 이리저리 흔들었다.

"너도 그 애한테 푹 빠졌고?"

"절대 아니야!"

구스타프는 고함치듯이 대답하다가 불현듯 얼굴이 화끈거리는 걸 느꼈다.

"우아, 너 지금 이유도 없이 소리를 지르면서 그 애 얘기만 해도 얼굴이 새빨개지네? 난 바보가 아니야. 반-짝-이-난-쟁-이!"

사라 언니는 구스타프가 흥미로운 실험 대상이라도 된다는 듯이 빤히 바라보고는 만족스러운 표정으로 말했다.

"그 애 이름이 뭐라고 했지?"

"문."

구스타프가 작은 목소리로 대답했다. 뒤쪽에서 사라 언니의 휴대폰이 울렸다.

"문이라……, 참 멋진 이름이네."

사라 언니가 구스타프에게 선물을 던졌다.

"자, 이거 받아. 그 애 꽤 괜찮더라. 너한테 선물 가져다준 거, 어쨌든 아주 귀여워. 그런데 왜 파티에 오지 않았어? 네가 초대한 줄 알았는데."

구스타프가 뭐라고 웅얼거렸지만 언니는 이미 전화를 받으러 가 버린 뒤였다. 구스타프는 바스락거리는 선물 포장지를 손으로 살살 쓰다듬었다.

"구스티, 이리 나와 봐."

라모나 언니가 구스타프를 발코니로 불렀다. 밖으로 나가자 자기 옆쪽의 바닥을 손바닥으로 톡톡 쳤다.

"사라 언니 때문에 짜증낼 것 없어. 그런데 외르크가 파티 이후로 나에게 연락을 안 하네."

라모나 언니가 금방이라도 울음을 터뜨릴 것 같은 목소리로 말했다. 구스타프는 언니를 위로하고 싶었다.

"휴대폰이 고장 난 거 아닐까?"

언니는 웃음을 터뜨렸지만 딱히 재미있다는 표정은 아니었다.

"부탁 하나만 들어줄래?"

구스타프가 고개를 끄덕였다.

"키스하는 것처럼 내 얼굴 가까이 다가와 봐. 여드름을 가까이에서 보면 멀리서 볼 때보다 더 구역질이 나니?"

라모나 언니의 얼굴이 불쑥 다가왔다. 구스타프는 언니의 얼굴에 솟은 붉은 돌기를 바라보았다.

"아니."

라모나 언니가 애원하는 눈길로 구스타프를 보았다.

"바로 토할 정도는 아니야?"

구스타프는 고개를 끄덕이며 대답했다.

"그냥 빨간 점이야. 빨강은 예쁜 색깔인걸."

라모나 언니가 깔깔 웃더니 물었다.

"너, 혹시 뽀뽀해 본 적 있어?"

구스타프는 고개를 저었다.

"연습을 해야 해. 난 처음에 키스할 때 정말 깜짝 놀랐어."

라모나 언니는 구스타프의 눈을 가만히 들여다보다가 한숨을 푹 내쉬었다.

"아주 끔찍했지."

그러고는 구스타프가 미처 피하기도 전에 얼굴을 들이밀고는 입을 맞추었다. 라모나 언니의 입술에서 눈물 맛이 살짝 났다.

모래는 하루 종일 아무것도 먹지 않고 물도 거의 마시지 않았다. 구스타프가 사료 그릇을 코앞에 들이밀었지만 쳐다도 보지 않았다. 좋아하는 간식을 내밀어도 고개를 홱 돌렸다.

구스타프는 모래의 부드러운 머리를 다정하게 쓰다듬었다. 모래는 나른한 눈빛으로 구스타프를 가만히 쳐다보았다. 코가 아주 건조해서 손가락에 물을 묻혀 모래의 코끝에 물방울을 떨어뜨렸다. 모래가 좋아하는 것 같았다.

밤에는 비가 내렸다. 며칠 동안이나 열기를 머금고 있던 구름이 굉장한 소리를 내며 비를 쏟아 냈다.

구스타프는 창문을 열고 침대에 누운 채 빗소리에 귀를 기울였다. 그리고 문의 선물을 꺼냈다. 그림이었다.

구스타프에게.

네 마음에 들었으면 좋겠어.

모래라는 이름의 개

아침에 일어나 보니, 엄마가 걸레로 복도 바닥을 닦고 있었다. 코를 찌르는 듯한 악취가 났다.

"어제저녁에 산책 안 나갔니?"

구스타프는 엄마가 무슨 말을 하는지 알아듣지 못하고 멍하니 서 있었다.

"모래 말이야! 복도가 완전히 난장판이야. 아무래도 불쌍한 모래의 위장에 문제가 생긴 것 같아."

엄마의 손짓에 욕실로 가 보니, 모래가 세면대 아래에 누워 숨을 헐떡이고 있었다. 구스타프가 들어가자 모래가 겁에 질린 듯한 표정으로 쳐다봤다. 구스타프는 모래 옆에 쪼그리고 앉았다. 복도에서 풍기던 들큼한 냄새가 모래에게서도 났다.

잠시 후, 엄마가 욕실로 들어왔다.

"오늘 꼭 동물 병원에 데려가 봐야겠어. 이런 날씨에 탈수 증상이 오다니."

그때 현관문이 열리더니 아빠가 안으로 들어왔다.

"마침 잘 왔어. 모래가 아파."

"어디가?"

"배탈인 것 같아. 아침 내내 집 청소를 했어!"

"미안해. 말을 하지 그랬어?"

아빠가 구스타프와 모래 옆에 쪼그리고 앉더니 개를 다정하게 쓰다듬었다. 헐떡거리던 모래의 숨소리가 약간 진정되었다. 엄마는 병원에 전화를 한 뒤 다시 욕실로 왔다.

"지금 바로 병원으로 오래. 그런데 대기실이 만원이라네? 일단 물을 좀 주라던데."

아빠와 구스타프는 모래에게 물을 먹이려고 애썼다. 아빠가 모래의 머리를 받치고, 구스타프는 손바닥 가득 물을 담아 모래의 주둥이 아래에 가져다 댔다. 모래는 의무를 다하려는 듯이 혀를 내밀었지만, 물을 삼키지 못하고 죄다 흘려 버렸다. 그러고는 미안한 표정으로 구스타프를 바라보더니 머리를 다시 타일에 내려놓았다. 그사이에 언니들도 일어나 온 집에 퍼진 냄새에 투덜대다가 불쌍하다는 눈길로 욕실을 들여다보았다.

"어떻게든 모래를 차에 태워야 해."

엄마가 모래를 일으켜 현관 쪽으로 밀었다. 모래는 비틀거리며 겨우 두 걸음 걷더니 바닥에 푹 쓰러졌다. 그러고는 이 무더위에 마라톤이라도 한 것처럼 헐떡거렸다. 아빠가 모래의 상태를 살폈다.

"이렇게는 안 되겠어. 병원에 못 가. 이런 날씨에 차를 타고, 또 병원 대기실에서 기다려야 한다니! 안 돼."

아빠가 야단치듯이 말하자, 엄마는 눈을 흘긴 뒤 다시 병원에 전화를 걸었다.

"선생님이 진료 시간이 끝나고 집에 들르시겠대."

오후에 수의사 선생님이 집으로 왔다. 구스타프는 모래만큼이나 오래 알고 지낸 터라 수의사 선생님을 무척 따랐다. 선생님은 모래를 진찰할 때마다 구스타프에게 자세히 설명해 주었다. 예방 접종을 할 때는 구스타프에게 도움을 청하기도 했다. 모래는 아주 용감한 편이지만 주사를 보면 다리를 몹시 떨었기 때문이다. 그러다가 자칫하면 의사 선생님의 손을 무는 사고가 생길 수도 있었다. 구스타프는 선생님을 도울 때마다 무척 뿌듯했다.

수의사 선생님은 자그마한 갈색 가방을 들고 계단을 올라왔다. 미소를 지으며 이마에 솟은 땀을 닦고 현관을 둘러보며 물었다.

"자, 우리 환자는 어디에 있죠?"

구스타프는 오전 내내 작은 물총으로 모래의 입 안에 물을 넣어 주려고 애썼다. 하지만 물은 주둥이 사이로 주르르 흘러나왔다. 모래가 삼킨 것은 딱 한 번뿐이었다. 시간이 흐를수록 모래는 점점 더 축 늘어졌다.

수의사 선생님은 모래가 겁내지 않도록 구스타프더러 옆에 있어 달라고 했다. 구스타프는 진찰받는 동안 모래가 서 있을 수 있게 두 손으로 배 아래쪽을 받쳤다. 선생님은 모래의 입 안을 살피고, 청진기로 심장 소리를 듣고, 체온계로 열을 쟀다. 진찰을 끝낸 뒤에는 말없이 모래의 머리를 한참 동안 쓰다듬었다. 그러다가 구스타프를 바라보며 입을 열었다.

"모래는 나이가 아주 많아."

구스타프가 고개를 끄덕였다.

"정확하게 말하자면, 우리 병원에 오는 환자 중에서 가장 나이가 많지. 나이 든 개들은 나이 든 사람들이랑 비슷해. 언젠가부터 더 이상 살고자 하는 의지가 없어. 모래가 늑대였다면 들판 어딘가로 가서 구덩이를 하나 팔 거야. 그러면 다른 늑대들은 이제 그 늑대와 작별할 시간이 왔다는 걸 알아채지. 그런데 모래는 도시에 사는 개라서 몸을 숨길 들판이 없잖니? 그래서 여기 욕실에 드러누운 채 먹고 마시기를 멈춘 거야."

구스타프는 울지 않으려고 눈을 연신 깜빡거렸다.

"모래를 여기에 이대로 내버려 둘 수도 있어. 아마 이번 주 안에 죽을 거야. 이미 탈수 증상이 심해. 수액을 놓아야 할 테지. 하지만 그것도 모래에게는 힘든 일이야. 모래를 좀 더 편안하게 해 주는 방법도 있어. 뭔지 알지?"

수의사 선생님이 엄마와 아빠를, 엄마와 아빠는 라모나 언니와 사라 언니를 보았다. 그다음에 모두 구스타프를 바라보았다.

"모래는 구스타프의 개지?"

구스타프가 고개를 끄덕였다. 선생님이 구스타프의 어깨에 가만히 손을 얹었다.

"구스타프, 어떻게 생각해?"

아빠가 묻자 구스타프는 말없이 고개만 끄덕였다. 더 이상 눈물을 참을 수 없었다. 눈물이 뺨으로 주르륵 흘러내렸다.

사라 언니와 라모나 언니는 모래에게 주사를 놓을 때 옆에 있지 않겠다고 했다. 엄마도 보고 싶지 않다고 했다. 아빠는 마음을 정하지 못했다.

"옳고 그른 건 없어요. 어쨌든 구스타프와 나는 모래 옆에 있을게요. 구스타프, 그럴 거지?"

수의사 선생님이 물었다.

구스타프가 고개를 끄덕이자 선생님이 손을 세게 거머쥐었다. 아빠는 한숨을 크게 내쉰 뒤 자기도 모래 옆에 있겠다고 했다. 아빠가 모래를 어디 다른 곳에 눕혀야 하는지 묻자, 수의사 선생님은 이곳이 모래가 선택한 장소라고 대답했다. 구스타프는 그 말에 조금 웃고 말았다. 모래가 언제나 약간 이상한 장소를 좋아했다는 게 떠올라서였다.

모두 부엌으로 간 다음에 한 명씩 모래가 있는 욕실로 들어와 작별인사를 했다. 언니들은 둘이 함께 와서 인사를 건넸다. 모래 옆에 앉은 구스타프는 많은 이야기를 해 주고 싶었지만 실제로는 그렇게 하지 못했다. 아무 말도 생각나지 않았다. 그저 얼굴을 모래에게 파묻은 채 개의 등이 흠뻑 젖을 정도로 눈물만 뚝뚝 흘렸다. 모래는 이제 헐떡거리지 않고 천천히 숨을 내쉬었다.

잠시 후 아빠와 수의사 선생님이 들어왔다. 아빠는 부엌에서 초를 하나 가지고 와서 켠 뒤 구스타프 옆에 앉아 머리를 쓰다듬었다.

수의사 선생님이 주사 두 대를 꺼내고서 설명했다.

"첫 번째 주사는 모래를 차분하게 잠들게 해 줘. 깊은 잠에 빠지면 두 번째 주사를 놓을 거야."

선생님은 모래를 오늘 바로 땅에 묻으라고 조언했다.

"모래가 좋아하는 숲에서 아름다운 장소를 하나 찾으세요."

"그거 불법 아닌가요?"

아빠가 묻자 선생님이 웃으며 대답했다.

"물론 들키면 안 되죠. 그리고 땅을 깊게 파야 해요. 1미터 이하로 파묻으면 멧돼지가 파헤칠 수도 있으니까요."

헤어질 무렵, 수의사 선생님이 요즘 이 지역에 튼튼한 개도 쓰러뜨릴 만큼 심각한 바이러스가 돈다고 말했다. 고령의 모래가 그런 바이러스와 더위를 감당하기는 힘들었을 거라고 덧붙였다.

"모래가 이렇게 장수한 걸 기뻐하셔야 해요."

수의사 선생님이 말을 이었다.

"모래는 우리 병원에서 가장 나이가 많은 개였어요. 또 직원들에게 아주 사랑받던 개이기도 했고요."

그런 다음에 작별 인사를 하고 계단을 내려갔다.

모두 함께 캠핑카를 타고 야외로 나가기로 결정했다. 구스타프는 모래가 언제나 즐겁게 달리기를 했던 풀밭을 기억해 냈다. 그곳에 자그마한 숲이 있었다. 엄마는 좋은 생각이라고 했다. 그곳은 인적이 드물 테니 모래를 묻더라도 아무도 보지 못할 터였다. 엄마는 창고에서 커다란 삽을 하나 가지고 왔다.

"거기에 사람이 없다고?"

아빠는 구스타프가 고른 장소를 불안해했다.

"좀 시끄러울지도 몰라. 서기 근처에 인공 호수가 있잖아."

"괜찮아. 아무도 못 볼 거야."

"자연 보호 구역에 이런 개를 묻다가 들키면 벌금이 얼마나 될지 생각해 봤어?"

아빠의 말에 엄마도 주저하기 시작했다.

"그런가? 그럼 모래를 어떻게 하지?"

"'이런 개'라고요? 우린 지금 그냥 개가 아니라 모래를 묻으러 가는 거라고요!"

구스타프는 다시 눈물이 솟구쳤다.

"수의사 선생님이 모래가 좋아하던 아름다운 장소를 고르라고 했잖아요."

구스타프가 흐느끼자 엄마가 한숨을 내쉬었다.

"그래, 구스타프. 네 말이 맞아."

엄마는 양손을 허리에 올린 뒤 아빠에게 따졌다.

"에릭, 겁쟁이 같은 소리 좀 그만해. 그리고 걸리면 벌금은 내가 낼 거니까 걱정하지 마!"

"꼭 그렇게 돈타령을 해야겠어?"

아빠가 얼굴이 새빨개진 채 쇳소리를 내자 엄마도 새된 목소리로 맞받아쳤다.

"아니, 그게 사실이잖아."

엄마 아빠는 또 싸우기 시작했다.

구스타프는 분노가 솟구쳤다. 엄마와 아빠가 서로에게 다정하지 못한 것에 대한 분노였다. 하루만이라도 참을 수는 없는 걸까?

"그만둬요! 싸우지 말라고요!"

구스타프는 자기 고함 소리에 깜짝 놀랐다. 다른 사람들도 모두 당황해서 놀란 얼굴로 구스타프를 바라보았다.

사라 언니가 한 손으로 귀를 막으며 말했다.

"아이고, 귀청 떨어지겠네."

"구스타프, 미안해. 싸우지 않을게."

엄마는 얼른 사과하고 아빠에게 말했다.

"이른 저녁 시간에 가자. 그러면 사람들이 별로 없을 거야."

모두 어쩔 줄 몰라 하며 잠시 그대로 서 있었다. 그때 구스타프에게 어떤 생각이 떠올랐다. 한 번 떠오른 생각은 머릿속을 떠날 줄 몰랐다.

오후 다섯 시에 현관 초인종이 울렸다. 문과 옐라 아줌마였다. 아줌마는 그새 좀 마른 것 같았다. 가라앉은 기분이 무거운 구름처럼 아줌마 주위를 에워싸고 있었다. 아줌마가 구스타프를 껴안았는데, 포옹조차 위태롭게 느껴질 만큼 몸이 많이 흔들거렸다. 구스타프는 좋은 향기가 나는 아줌마의 셔츠에 코를 갖다 댔다. 나무와 태양과 아줌마의 냄새가 났다.

문은 구스타프 엄마의 호기심 어린 눈길에서 벗어나고 싶다는 듯이 현관 구석에 투명 인간처럼 서 있었다. 그러다 구스타프 엄마가 준 차가운 음료를 받아 들고는 부엌으로 따라 들어갔다.

조금 전, 구스타프는 엄마와 아빠에게 모래를 보내 줄 때 문과 옐라 아줌마가 동행해도 되는지 물었다. 두 사람과 같이 가고 싶다는 바람을 구구절절 설명해야 할까 봐 손까지 조금 떨었다. 그러나 부모님은 곧장 이해했다. 언니들조차 평소와 달리 쓸데없는 토를 달지 않았다.

문의 전화번호를 누를 때도 손이 떨렸다. 문은 전화번호를 알려 주면서 휴대폰을 잘 쓰지 않는다고, 요금을 내지 못해 끊길 때도 있다고 말했다. 그래도 다행히 오늘은 전화를 바로 받았다.

구스타프는 문이 모래의 소식을 듣고 슬퍼한다는 걸 곧바로 알아챘다. 그리고 자기가 전화를 해서 기뻐한다는 것도 느꼈다. 문은 자기와 엄마도 동행하면 모래가 분명히 좋아할 거라고 생각했다. 엄마를 침대에서 끌어내지 못할까 봐 조금 걱정했지만, 다행히 모래 이야기를 듣자마자 바로 일어나 준비를 했다고 나중에 말해 주었다.

모래를 숲에 묻고 돌아오는 길은 무척 어두웠다. 차는 짙푸른 잎사귀들이 위엄 있게 달린 나무 우듬지가 밤하늘을 향해 솟아 있는 텅 빈 가로수 길을 달렸다.

아무도 입을 열지 않았다. 구스타프는 모래가 오줌 싸는 벽에 가서 작별 인사를 남기지 못해 속상하다고 말했다. 다른 개들이 지금쯤이면 모래가 어디에 있는지 궁금해할 거라면서. 엄마가 뒤를 돌아보며 구스타프의 무릎에 손을 얹었다. 아빠는 시디플레이어에 시디를 한 장 넣었다. 〈나랑 너랑 부라는 이름의 개〉, 그 노래가 흘러나왔다. 모래를 생각하며 모두 노래를 따라 불렀다.

"나랑 너랑 부라는 이름의 개."

다들 조금, 또는 많이 눈물을 흘렸다. 구스타프는 차창을 내린 뒤 어둠이 내리고 바람이 부는 바깥으로 머리를 조금 내밀었다.

"나랑 너랑 부라는 이름의 개."

공기에서 마른풀과 감초 냄새가 풍겨 왔다. 캐러멜과 비 냄새도 났다. 그리고 모래 냄새도.

맑은 하늘에는 별이 가득했다. 손만 멀리 뻗는다면 하늘의 별을 딸 수도 있을 것 같았다. 하지만 모래가 하늘에 도착했을 때 별들이 모두 저 위에 있어야 하니까, 구스타프는 별을 따지 않기로 했다. 대신 별들에게 모래를 소개해 주었다.

모래는 이런 개야. 용감하고 현명해. 눈동자는 캐러멜 색깔이고, 석탄처럼 새까만 테두리가 있지. 비를 싫어하고 초콜릿 냄새는 좋아해.

짖을 때면 높은 산에서 천둥이 울리는 것처럼, 아주 깊은 배 속에서 우르릉 소리가 나와. 그냥 작게 으르렁거릴 때면 귀뚜라미가 찌르륵 찌르륵 우는 소리 같지.

바닷가 모래밭에 누워 있으면 모래 색깔과 구분이 되지 않아. 이런 경우는 드물지만 여우들 옆에 서 있다면 사람들이 모래를 여우 한 마리라고 생각할 거야. 모래는 바로 그런 색깔이니까.

모래는 이런 개야. 움직일 때면 걷는다기보다는 춤을 추는 것 같고, 바람에 흔들리는 귀는 마치 깃발 같지.

너희는 모래를 금방 알아볼 거야. 확실해.

구스타프네 가족은 문과 옐라 아줌마를 데려다준 뒤에 집으로 돌아왔다. 구스타프는 집에 들어오자마자 창가에 서서 밖을 내다보았다. 캠핑카 앞의 어둠 속에 서 있는 엄마와 아빠가 눈에 들어왔다. 둘은 마주 보며 서 있었다. 아빠가 엄마에게 한 걸음 다가가 팔을 내밀자, 엄마가 아빠의 어깨에 머리를 기댔다.

둘은 한참이나 그렇게 서 있었다.

사춘기 클럽

아빠는 집 근처에 임시로 머물 집을 하나 구했다. 엄마와 아빠가 평화롭게 거리를 두기 위해 괜찮은 아이디어라고 생각했다. 물론 이후에 어떻게 될지는 아직 알 수 없었다. 아빠는 그사이에 규모가 꽤 큰 오디오북 시리즈를 계약하고 계약금을 받았다.

"그다음은 어떻게 되는 거예요?"

구스타프가 물었다. 식구들 모두 부엌에 모여 있었다.

"잘 지내야지. 우린 여전히 한 가족이야. 그저 두 군데에 나눠서 살 뿐이지."

"그게 그렇게 간단한 문제예요?"

라모나 언니가 떨리는 목소리로 묻자 엄마가 대답했다.

"간단하다고 말한 적 없어."

"아주, 아주 복잡하지."

아빠가 덧붙여 말했다.

"하지만 다른 가능성이 없으니 잘해 낼 수밖에."

사라 언니가 큰 소리로 한숨을 푹 내쉬었다.

"아이고! 두 분 정말 웃겨요. 부모들이란 정말이지 이상하다고요."

"어떻게 이상한데?"

아빠가 정말 궁금하다는 듯이 묻자, 사라 언니가 눈을 동그랗게 뜨고 대답했다.

"어딘지 모르게 촌스러워요."

다들 입을 꾹 다물었다. 잠시 후, 엄마가 팬케이크를 나누어 주었다. 팬케이크가 무지무지 질척해서 이에 끈적끈적하게 달라붙었다. 밀가루 맛이 입 안에 퍼졌다. 구스타프는 억지로라도 삼켜 보려고 사과 소스를 반병이나 들이부었다. 엄마조차 팬케이크를 이리저리 쑤시기만 할 뿐 한 입도 먹지 않았다.

"아이참! 또 실패네."

엄마 목소리가 슬프게 울려 퍼졌다.

결국 팬케이크에서는 엄마가 온갖 슬픔을 반죽 그릇에 쏟아 부은 뒤, 밀가루와 계란과 설탕으로 그것을 감추려한 듯한 맛이 났다.

"미안해. 그냥 버려. 나름 애를 썼는데 왜 이런지 나도 모르겠어."

"엄마, 제 입맛에는 맞는데요."

사라 언니는 그 말을 증명이라도 하듯이 팬케이크를 하나 더 접시에 덜었다.

"정말이에요."

라모나 언니도 고개를 끄덕였다. 그러고는 다들 말없이 팬케이크를 먹었다.

식사가 끝나자 엄마가 말했다.

"내 생각에…… 이 팬케이크는 모래도 맛없다고 했을 것 같아."

라모나 언니는 킥킥 웃었고, 사라 언니는 조용히 눈물을 흘렸다.

"난 한 번도 모래에게 팬케이크를 나눠 준 적이 없어요."

사라 언니가 코를 훌쩍이자 아빠가 등을 쓰다듬으며 위로했다.

"대신에 이따금 털을 빗어 줬잖아. 모래가 아주 좋아했지."

라모나 언니가 자리에서 벌떡 일어나더니 냉장고로 가면서 물었다.

"아이스크림 먹을 사람?"

"나!"

모두 한목소리로 대답했다.

마침내 아빠가 짐을 싸기 시작했다. 구스타프는 아빠 옆에 앉아서 사진을 정리했다. 아빠는 생각에 잠긴 채 앨범을 뒤지다가 엄마 사진 한 장을 꺼냈다.

"이것 봐. 우리가 사귄 지 꼭 일주일째 되던 날이야."

"엄마를 어디에서 만났어요?"

"대학교 앞 주차장에서."

구스타프는 사진을 자세히 살펴봤다. 담 위에 앉아 있는 엄마가 양손으로 담을 짚은 채 웃으면서 카메라 쪽으로 몸을 숙이고 있었다. 알록달록한 블라우스는 한쪽 어깨부터 팔목까지 찢어져 있었고, 긴 머리카락이 얼굴 위로 흘러내렸다.

"같이 담 위에 기어올랐어. 그런데 네 엄마가 자랑스러워하던 새 실크 블라우스가 나뭇가지에 걸렸지 뭐야. 이게 우리 둘이 함께 찍은 첫 번째 사진이야."

"아빠는 사진에 없잖아요?"

아빠가 깜짝 놀란 표정으로 구스티프를 바라보았다.

"있어!"

다시 사진을 봤지만 거기엔 엄마뿐이었다.

"나는 바로 여기에 있지."

아빠가 엄마의 눈동자를 가리켰다.

구스타프는 그제야 엄마의 눈을 자세히 들여다보았다. 처음엔 엄마의 파란 눈동자와 햇살처럼 퍼져 있는 가느다란 눈주름만 보였다. 이윽고 뭔가 다른 것이 보였다. 카메라를 든 아빠의 모습이었다. 구스타프는 아빠의 눈동자를 통해 엄마를, 그리고 엄마의 눈동자를 통해 아빠를 보았다. 바로 그 한가운데에 두 사람이 잃어버린 것이 있었다. 구스타프는 그걸 확실하게 느꼈다. 아마도 사람들은 그걸 사랑이라고 부를 터였다. 어쨌든 그게 사진 속에는 분명히 있었다.

구스타프는 엄마와 아빠가 다시 서로를 발견하는 게 이제 그다지 중요하지 않다는 생각이 들었다. 어쩌면 두 사람은 이제 자신의 길을 갈 수도, 지름길이나 에움길을 선택할 수도, 아니면 그냥 완전히 반대 방향으로 갈 수도 있을 것이다. 그것보다 더 중요한 것은 두 사람이 거기에 있었다는 사실이었다. 사랑이 정말 거기에 있었다는 것을 우리가 안다는 것. 그 순간 아빠와 엄마는 이 사진을 찍기 위해 웃으며, 숨가빠하며 담 위로 오르던 바로 그 사람들일 테니까. 앞으로도 영원히.

구스타프는 뭘 해야 할지 몰라서 집 안을 이리저리 쏘다녔다. 모래가 없다는 것보다 모래의 부재가 느껴진다는 게 더 큰일이었다. 크고 무겁고 어두운 문제들이 사방에 깔려 있었다. 모래가 사용하던 사료통, 그리고 시끄럽게 코를 골던 구스타프 침대 아래의 작은 양탄자 같은 것들이.

모래가 집 안을 돌아다니는 소리를 더 이상 듣지 못할뿐더러, 복도에서 나지막하게 딸깍거리던 소리가 이제는 들리지 않는 게 문제였다. 모래가 없으니 저녁 시간이 너무 길었다. 저녁에 모래를 데리고 산책을 나가지 않으니까, 그 시간에 뭘 해야 할지 알 수가 없었다.

아빠는 방바닥에 주저앉아서 구스타프에게 짐 싸는 걸 도와 달라고 부탁했다. 구스타프는 아빠의 책 몇 권을 상자에 넣다가 너무 큰 슬픔이 몰려와서 거실로 나오고 말았다. 엄마는 거실 소파에 앉아 아이패드 자판을 두드리고 있었다. 구스타프가 문간에 나타나자 가까이 오라고 손짓해서 불렀다. 그러고는 옆에 앉은 구스타프의 머리를 연신 어루만져 주었다.

잠시 후 구스타프는 자리에서 일어나 하릴없이 서성이다가 언니들이 있는 욕실에 가 보았다. 라모나 언니는 욕실에서 얼굴에 여드름 필링 마스크를 붙였고, 사라 언니는 욕조 가장자리에 앉아 발톱에 매니큐어를 발랐다. 라모나 언니의 여드름은 차츰 나아지는 중이었고, 어제는 외르크 오빠에게 문자도 받았다. 친구가 실수로 자기 휴대폰을 라이프치히로 가지고 갔다고 했다. 라모나 언니는 바싹 마른 마스크를 얼굴에서 떼어 내며 한숨을 쉬었다.

"아, 모래 냄새가 그립다."

"나는 모래 코 고는 소리. 그 소리를 들으면 정말 집중이 잘됐는데."

사라 언니의 말에 라모나 언니가 제정신이냐는 듯이 검지로 이마를 톡톡 때렸다.

"정말이야! 모래가 옆에서 코를 골면 생각이 잘 떠올랐단 말이야."

사라 언니가 말을 이었다.

"그나저나 구스티, 네 가슴은 어떻게 됐어?"

구스타프는 얼굴이 새빨개졌다. 사라 언니는 대답을 기다리지도 않고 욕실에서 나가더니 곧장 돌아와서는 파란색 천을 허공에 대고 흔들었다.

"이것 봐. 내가 처음 사용한 브래지어야."

사라 언니가 구스타프에게 브래지어를 내밀었다.

"너 가져."

구스타프는 그걸 받아 들고 찬찬히 살펴봤다. 색깔이 나쁘지 않았다. 아니, 아주 아름다웠다. 바다 같은 청록색이었다. 천도 부드럽고 물 흐르는 듯이 예뻤다.

"우아, 언니가 얼마나 자랑스러워했는지 지금도 또렷하게 기억나! 가슴이 전혀 없었는데도 말이야. 구스타프, 얼른 입어 봐!"

라모나 언니가 재촉했다. 구스타프는 어쩔 줄 몰랐다.

"어서, 얼른! 우리, 안 볼게!"

언니들은 양손으로 얼굴을 가리는 척하며 손가락 사이로 엿볼 게 뻔했다. 그래도 구스타프는 그 앞에서 티셔츠를 벗고 팔에 브래지어 끈을 끼웠다. 고리를 거는 일은 생각보다 간단하지 않았다. 양팔을 등 뒤로 완전히 돌려야 했으니까. 하지만 그동안 엄마나 언니들이 아주 손쉽게 고리 두 개를 연결하는 모습을 충분히 봐 온 터였다.

구스타프는 감격스러운 표정으로 거울을 살펴보았다. 브래지어를 한 것만으로도 다른 사람이 된 듯한 기분이 들었다. 거리를 걷다가 마주치게 되는 여자아이 같았다. 언젠가 자기랑 친구가 될지도 모르는 어떤 여자아이.

"멋지네."

"구스타프, 엄청 예뻐!"

언니들이 예고도 없이 얼굴에서 손을 떼고는 구스타프 옆으로 다가왔다. 둘은 양쪽에서 브래지어 끈의 길이를 조절해 주었다. 그러고는 거울을 바라보면서 마치 구스타프와 브래지어가 자신들의 발명품이라도 되는 양 자랑스러워했다.

사라 언니가 장엄한 목소리로 말했다.

"클럽 입단을 환영합니다!"

한여름의 끝

다음 날 아침, 뉴스의 일기 예보에서는 오늘을 끝으로 더위가 가실 거라고 했다. 지속되던 열기가 식고 약간 서늘한 늦여름이 온다는 것이다.

엄마는 부엌에 서서 업무 통화를 하고 있었다. 휴가가 끝난 뒤부터 계속 바쁘게 전화를 해 댔다. 아빠는 아침 일찍 건축 자재를 사러 갔다. 라모나 언니와 사라 언니는 아직 자는지 보이지 않았다. 구스타프는 마음을 단단히 먹고서 코발트색 수영복과 수건을 가방에 넣었다.

문이 보고 싶었다, 지금 당장. 배고픔처럼 기본적인 욕구였다. 질문이 필요 없는 느낌. 그리고 완두콩이 있건 말건 오늘은 그냥 수영을 하고 싶었다. 여름 내내 물에 발도 담그지 못하다니, 이건 정말 아니었다. 눈에 거의 띄지도 않는 완두콩 두 알 때문에 수영을 포기하다니.

문은 이미 야외 수영장의 자전거 보관소 옆에 앉아 있었다. 스케이트보드에 발을 얹고 있었는데, 오늘은 종이 상자가 없었다. 문은 버스에서 내리는 구스타프를 발견하고 손을 들었다.

구스타프는 이제 막 걸음마를 배운 아기처럼 서툴게 걷는 듯한 느낌이 들었다. 문이 자기를 보고 있기 때문이었다. 구스타프는 문이 다른 곳으로 눈길을 돌리길 바랐지만, 문은 그럴 마음이 없어 보였다. 구스타프는 자전거 보관소에 도착해 문 옆에 주저앉았다. 다 와서 다행이라고 생각하면서.

한동안 둘은 아무 말 없이 수영장 앞의 분주함을, 회전식 출입구를 서서히 통과하는 긴 줄을 지켜보았다.

"엄마는 좀 어떠셔?"

"나아지셨어. 가라앉은 기분이 사라진 것 같아."

문은 발끝으로 보드를 톡톡 쳤다.

"네가 또 언제 오냐고 물으시더라."

구스타프는 옐라 아줌마의 초대가 기뻐서 온몸에 즐거운 기분이 퍼졌다.

"오늘은 병 안 모아?"

구스타프가 보드를 가리키며 묻자 문이 고개를 끄덕였다.

"그럴 기분이 아니야. 오늘은 다른 걸 하고 싶어."

문이 씩 웃었다. 평소와 달리 눈과 치아 틈새만 보일 만큼 활짝 웃었다. 구스타프는 얼른 시선을 바닥으로 돌렸다가 다시 수영장 앞의 긴 줄을 바라봤다. 여름은 정말 끈적끈적하구나.

구스타프는 다시 생각에 잠겼다. 처음에는 머리카락과 옷이, 그다음에는 선크림과 아이스크림이 끈적거렸다. 그때 줄을 선 채 천천히 앞으로 움직이면서 서로의 입술을 빨판처럼 맞대고 있는 제롬 오빠와 리네가 눈에 들어왔다.

구스타프는 수영복을 다 입은 뒤 탈의실 거울에 몸을 비춰 보았다. 발끝으로 서면 배꼽 부근까지 볼 수 있었다. 수영복이 꽤 잘 어울렸다. 완두콩이 계속 자라도 잘 어울릴 것 같았다. 그래도 일단 안전하게 수건을 어깨에 걸친 뒤 배까지 늘어뜨려 몸을 가렸다.

문은 탈의실 앞에서 기다리고 있었다. 문의 수영복은 무릎까지 내려오는 긴 바지였다. 툭 튀어나온 배꼽이 우스꽝스러웠다. 구스타프의 시선을 눈치챈 문이 수건으로 배를 가렸다. 둘은 마주 서서 히죽거리다가, 구스타프가 수영하러 가자고 말하고서야 움직였다.

수영을 못하는 사람을 위한 얕은 풀장에는 사람들이 병에 담긴 오이 피클처럼 바짝 붙어 서 있었다. 수영장은 완전히 만원이었다. 구스타프와 문은 서로 50센티미터쯤 거리를 두고 떨어져 있었다. 사람들이 둘 사이로 헤엄쳐 지나가며 얼굴에 물을 뿌려 댔다.

제롬 오빠와 리네는 수영장 가장자리에서 다른 사람들 틈에 낀 채 딱 붙어 있었다. 풀장 중간에서는 남자아이들이 여자아이들을 물에 던지고 올라오지 못하게 몸을 꽉 누르며 장난을 쳤다. 여자아이들이 새된 소리를 지르고 푸푸 물을 뿜으며 헤치고 나가면 다시 똑같은 장난이 반복되었다.

구스타프는 생각에 잠겼다. 나는 남자아이들의 포개진 손등을 타고 오르는 여자아이는 절대로 되지 못할 것 같아. 그리고 문도 그런 남자아이는 절대로 되지 않을 거고. 이곳은 빨판 오아시스야. 오이 피클이고, 여자아이들과 남자아이들이 몸을 던지는 캐터펄트(성을 공격하기 위해 만든 고대의 투석기)지. 무척 흥미롭지만 문과 나에게 어울리는 장소는 아니야. 구스타프는 풀장 가장자리에 가서 앉았다. 그러고는 다른 사람들 사이에서 수영을 하다가 자기 앞으로 다가와 솟구쳐 오르는 문을 지켜보았다.

둘은 수영장을 나와 풀밭을 걸어 매점을 지나쳤다. 매점 직원이 튼 라디오에서 흘러나오는 노래가 구스타프의 마음에 쏙 들었다. 마음에 든다는 건 올바른 표현이 아니었다. 노래의 음절들이 구스타프의 피부 속으로 파고들었고, 뒤이어 팔의 솜털이 오소소 일어났다.

구스타프는 그 자리에 멈추어 섰다. 문도 섰다. 구스타프는 자기가 왜 이곳에 서 있는지 말할 필요가 없었다. 문이 이미 그 이유를 알고 있었으니까. 풀장의 새된 비명과 소란은 계속되고 있었지만, 노래 덕분에 이런 소음은 더 이상 들리지 않았다. 풀밭 위에 드리워진 음악은 야외 수영장을 평소와 다른 특별한 곳으로 만들었다. 이곳은 문과 구스타프만을 위한 장소로 변했다.

둘은 서로를 물끄러미 마주 보았다. 지금 이 순간 구스타프가 보는 것은 문의 파란 눈동자만이 아니었다. 그것보다 훨씬 더 많은 것들을, 문의 내면을 직접 들여다보는 것 같았다.

"아야!"

그때 어린 남자아이가 달려오다가 문과 부딪쳐 넘어졌다. 문이 아프냐고 물었지만 아이는 대답도 하지 않고 몸을 일으켜 빠르게 뛰어갔다. 문과 구스타프는 그 아이를 계속 지켜보았다. 아이는 어떤 아줌마에게 달려가더니 다리에 매달려 흐느꼈다.

둘이 서로를 마주 보자 노래가 끝나면서 광고가 이어졌다. 주변이 다시 소란스러워졌다. 구스타프는 폭풍우를 만난 듯한 기분이 들었다. 아주 먼 곳에 갔다가 비로소 이곳으로 돌아온 듯했다. 음악이 술보다 사람을 더 취하게 만든다는 아빠의 말이 맞는 것 같았다.

매점 직원이 밖으로 나와서 빈 그릇과 포장지를 탁자에서 치웠다.

"너희, 왜 여기에 우두커니 서 있어?"

직원이 거칠게 물었다.

"네, 뭐라고요?"

문이 당황한 목소리로 물었다. 머리카락이 마구 뻗쳐 있어서 정말로 방금 폭풍을 헤치고 온 것 같았다. 구스타프는 그 모습을 보고 웃음을 터뜨렸다. 문은 지금 자기가 어디에 있는지 잘 모르는 듯한 표정을 지었다.

매점 직원이 양손을 허리에 올리고 다시 입을 열었다.

"뭐가 그렇게 웃긴데?"

이제는 문도 같이 웃기 시작했다.

"방금 그 노래 뭐였어요?"

구스타프가 웃느라 숨을 몰아쉬며 물었다. 매점 직원은 고개를 절레절레 저었다.

"그걸 내가 어떻게 알아? 라디오나 들으며 노닥거릴 정도로 한가한 줄 아니? 난 오늘 아침 여덟 시부터……."

구스타프는 직원이 말을 다 마치기도 전에 냅다 달리기 시작했다. 문도 따라서 뛰었다. 뒤에서 직원이 꽥꽥거리며 화를 내는 소리가 들렸다. 구스타프와 문은 웃느라 숨을 헐떡이며 풀밭을 뛰었다. 더 이상 달리지 못할 만큼 지친 뒤에야 멈춰 서서, 방금 뭍에 올라온 물고기처럼 힘겹게 숨을 들이마셨다.

수영장에서 나온 구스타프는 문에게 로베르트 아저씨의 음반 가게에 가자고 했다.

"아까 매점 앞에서 들은 노래가 뭔지 아저씨한테 물어보자."

"그래, 일단 여기에 앉아 봐. 내가 끌어 줄게."

구스타프가 보드 위에 앉자 문이 긴 타월을 밧줄처럼 보드에 묶어서 끌었다. 두 사람은 번갈아 가면서 보드를 끌고 시내로 나갔다. 열기에 갇힌 도시는 미동조차 없었다. 밖으로 나온 몇 안 되는 사람들은 벤치에 앉아서 신문이나 모자로 부채질을 했다. 모든 것이 멈춰 있는 가운데 구스타프와 문만 움직이는 것 같았다.

음반 가게에도 손님이 없었다. 서늘한 가게에서 콜라를 마시며 계산대 뒤에 앉아 있던 로베르트 아저씨는 아이들을 보고 그다지 놀라지도 않았다.

"구스타프, 오늘 드디어 주전 선수로 뛰는 데 성공했니?"

구스타프는 문에게 로베르트 아저씨의 괴상한 농담은 그냥 무시하라고 말하려고 했다. 그러나 문은 조금도 당황하지 않고 이렇게 받아쳤다.

"구스타프는 이미 주전 선수로 뛰고 있는걸요? 참, 저희가 노래를 하나 찾는 중인데 좀 도와주세요."

아저씨도 당황하지 않고 되물었다.

"제목이 뭔데? 누가 불렀고?"

"유감스럽게도 그걸 몰라요."

문이 대답했다. 구스타프는 아저씨가 또 이상한 말을 하기 전에 얼른 덧붙였다.

"하지만 우리가 들은 걸 부를 수는 있어요."

"그럼 한번 해 봐. 은근히 기대가 되네."

아저씨는 정말 기대에 부푼 표정이었다. 등받이 없는 높은 의자에 앉아 노래를 들을 준비를 했다.

구스타프는 용기가 나지 않아 조금 망설였다. 모래와 이별하던 날 차 안에서의 상황과는 좀 달랐다. 그때는 모두 함께 노래를 불렀던 거니까. 그런데 아무 일도 없이 그냥 노래를 부르는 건 벌거벗은 듯한 느낌이라서 좀 부끄러웠다.

그때 문이 먼저 용기를 냈다. 야외 수영장에서 들었던 노래를 나지막하게 흥얼거리기 시작했다. 구스타프는 그 노래를 다시 떠올렸다. 여전히 듣기 좋았다. 노래가 정점에 오르자 구스타프도 함께 불렀다.

퍼붓는 빗줄기를 뚫고 햇살이 빛나는 곳으로 가고 있어.

날씨가 내 옷에 어울리는 곳으로.

구스타프는 그다음 가사가 기억나지 않아서 문을 따라 조금 더 흥얼거렸다. 노랫소리가 아름다웠다. 그러나 로베르트 아저씨는 그렇게 생각하지 않는 듯했다.

"그만, 그만 불러도 돼. 무슨 노랜지 알겠으니까!"

그러고는 팔짱을 꼈다.

"흠, 그게 듣고 싶단 말이지. 너희 취향은 그렇구나. 다른 사람들이 일광욕을 할 때 너희는 그늘에 앉아서 〈Everybody's Talkin'(다들 말하네)〉을 듣고 싶다는 거지?"

아저씨가 가게 뒤쪽으로 가서 음반이 담긴 상자들을 마구 뒤졌다.

"너희가 해리 닐슨 버전이 아니라 프레드 닐의 원곡을 들었으면 좋겠구나. 나는 리메이크는 취급하지 않으니까. 그렇지, 여기 있군!"

아저씨가 의기양양한 표정으로 음반을 높이 들어 보였다. 그러고는 음반을 커버에서 꺼낸 뒤 턴테이블에 놓고 바늘을 올렸다. 노래가 시작되기 전에 들리는 바스락거리는 소음도 아저씨에게는 이미 음악인 듯했다. 눈을 감고 기대에 찬 표정으로 나지막하게 흥얼거렸으니까.

마침내 노래가 흘러나왔다. 정말 '그 노래'였다. 로베르트 아저씨는 좀 괴상하긴 해도 음악에 대해서라면 아는 게 정말 많은 것 같았다. 세 사람은 가만히 노래에 귀를 기울였다. 어느새 노래가 끝났다.

"한 번 더요."

"그래, 알았어."

(……)

"다시 한번."

"점점 짜증이 나네. 정말 딱 한 번만이다!"

(……)

"한 번만 더요."

"얘들아, 너흰 정말 나를 지치게 하는구나. 내가 왜 아이를 낳지 않았는지 이제야 기억났어. 어휴, 한 번만 더 듣고 이젠 끝이야!"

그때 가게 안으로 손님이 들어왔다. 로베르트 아저씨는 살았다는 듯이 한숨을 쉬고는 손님을 맞으러 가 버렸다. 아저씨는 손님과 함께 음반 상자를 뒤지면서 계속 이야기를 나누었다. 그러는 사이에 노래가 끝났다.

"저기, 로베르트 아저씨……?"

구스타프가 말을 걸었지만 아저씨는 대답이 없었다. 일부러 못 들은 척하는 건지, 아니면 정말 못 들은 건지 알 수가 없었다. 아저씨에게 다가가 노래를 틀어 줄 수 있는지 물어보려는 순간, 문이 턴테이블에서 음반을 들어 올리는 모습이 눈에 들어왔다. 결심이 확고한 눈빛이었다.

구스타프는 상황을 바로 눈치채고는 바닥에 두었던 보드를 들고 조용히 입구로 가서 문을 열었다. 문은 음반을 티셔츠 아래에 넣은 뒤 자연스럽게 구스타프를 지나쳐 밖으로 나갔다. 둘은 가게 밖으로 나오자마자 달리기 시작했다. 그러고는 구스타프의 집 앞에 도착한 뒤에야 멈추어 섰다.

문이 떨리는 손으로 음반을 꺼내 구스타프에게 내밀었다.

"널 위해 훔친 거야."

커버에 땀이 묻어 조금 축축했다.

"내일도 만날래?"

구스타프는 곧장 고개를 끄덕였다. 오래 생각할 필요가 없었다.

"응."

"여기로 데리러 올게."

구스타프는 온몸으로 퍼지는 반짝거리는 기쁨을 숨길 수 없었다.

구스타프가 부엌에서 빵을 먹으려고 할 때 아빠가 들어왔다. 오늘 문과 함께 로베르트 아저씨의 가게에 갔는지 물었다. 구스타프는 얼굴이 뜨거워졌다. 입을 꾹 다문 채 고개를 끄덕였다. 아빠는 앞에 있는 아이가 정말 자기 딸이 맞는지 모르겠다는 듯이 낯선 표정으로 바라보았다. 음반을 훔쳤다는 이야기를 아저씨가 아빠에게 한 걸까?

그때 휴대폰 벨소리가 울렸다. 부엌을 빠져나갈 좋은 핑곗거리였다. 전화를 건 사람은 어떤 여자였는데, 누군지 금방 알아챘다. 자동응답기에서 딱 한 번 들었던 목소리였다.

"안녕하세요? 저는 그뢰스너입니다. 구스타프 씨와 통화하고 싶은데요."

구스타프의 심장이 요란하게 팔딱거리기 시작했다. 지금 찾는 사람은 집에 없다고 말할까, 잠시 고민했지만 그럴 수가 없었다.

"전데요."

"아, 다행히 바로 연결됐네."

그뢰스너 선생님이 웃으며 말했다.

구스타프는 휴대폰을 귓가에 딱 붙인 채 방으로 가서 문을 잠갔다.

"여보세요? 구스타프, 전화를 끊은 건 아니지?"

"네."

"부모님 때문에 걱정이 많지?"

구스타프는 말없이 고개를 끄덕였다. 선생님은 그 모습을 보지 못했지만 차분하게 말을 이었다.

"두 분은 이미 상담을 받았어."

그리스너 선생님은 엄마와 아빠가 자기를 자주 찾아왔다고 말했다. 마지막으로 온 건 여름 방학이 시작되기 직전이었고, 집에서는 꺼내기 쉽지 않은 이야기들을 나누었다고 했다. 선생님은 중간중간 말을 끊었는데, 덫이 아니라 적절한 휴식처럼 느껴졌다. 가볍게 떠다닐 수 있는 휴식.

"부부들은 대화를 나누는 방법을 다시 배우려고 나에게 와……. 서로에게로 향하는 새로운 길을 찾는 사람들도 있지만……, 가끔은 사랑이 끝나는 일도 있어."

구스타프는 침을 꿀꺽 삼켰다. 선생님의 말이 무슨 뜻인지 알 것 같았다.

"구스타프, 몇 살이니?"

"열네 살이요."

"열네 살이라, 정말 흥미로운 나이야. 나도 그때가 생각나는구나."

선생님은 한참 동안 말이 없었다. 나이에 대해 곰곰이 생각하는 듯했다. 그런데 '흥미로운 나이'라는 건 무슨 뜻일까?

선생님이 다시 입을 열었다.

"이런 말을 하면 어떻게 생각할지 모르겠지만, 나는 네가 정말 특별한 아이라는 느낌이 들어."

구스타프는 아무 대답도 하지 못했다. 이런 말에 무슨 대답을 할 수 있을까?

그뢰스너 선생님이 킥킥 웃으며 덧붙였다.

"구스타프, 너랑 이야기를 나눌 수 있어서 반가웠어."

구스타프는 선생님이 진심으로 하는 말이라고 생각했다. 전화를 끊자 슬프면서도 한편으로는 속이 시원했다. 아빠와 엄마의 사랑이 이제 끝났을지도 모른다는 선생님의 말이 맞을지도 모른다. 어쩌면 아닐 수도 있고.

계속 킥킥 웃거나 말을 하다 말고 멈추는 어른들에게서 뭘 기대할 수 있을까? 사랑을 언젠가는 놓아 버리는 어른들에게서, 기분이 밀물이나 썰물같이 달라지는 어른들에게서 도대체 뭘……. 어쩌면 아무것도 기대할 수 없는지도 몰랐다.

구스타프는 곰곰 생각에 잠겼다. 그래도 이런 생각이 실망스럽지만은 않았다. 조금 긴장이 되긴 했지만. 바로 그 순간, 아니나에게서 문자가 왔다. 곧 집으로 돌아온다고……. 구스타프가 보고 싶다는 말도 있었다.

늦은 밤, 구스타프는 다시 거실로 나갔다. 턴테이블에 조심스럽게 음반을 올렸다. 이윽고 음악이 흘렀다. 구스타프는 모래가 늘 일광욕을 하던 양탄자에 자리를 잡고 앉았다. 양탄자가 납작하게 눌려 있고 젖은 개털 냄새가 나는 그 자리에.

열린 발코니 문틈으로 바람이 들어와 뺨을 스쳤다. 구스타프는 불현듯 아니나가 너무나 보고 싶었다. 아니나에게 문의 이야기를, 나뭇가지에 불을 냈던 생일 폭죽 이야기를, 밤하늘에 낮게 떠 있던 베를린 교외의 별 이야기를 하고 싶었다. 자연사 박물관에서 본 앨버트로스와 그뢰스너 선생님, 선생님의 이상한 웃음소리에 대해 말하고 싶었다. 엄마와 아빠가 겪는 중년의 위기에 대해서도……. 그리고 무엇보다 모래 이야기를 하고 싶었다. 이제 세상에 없지만, 몸만 사라졌을 뿐인 모래에 대해.

구스타프는 아니나에게 더 이상 화를 내지 않기로 결심했다. 아니나가 제임스를 멋지거나 귀엽다고 생각해도 되고, 카린 아줌마의 마스카라를 마음껏 빌려 써도 괜찮았다. 제임스 때문에 반짝이더라도 어쨌든 아니나는 예쁘니까. 게다가 제임스 같은 남자아이들이 좋아하든 말든, 아니나는 여전히 트림의 대가니까.

구스타프는 그저 아니나의 반짝임을 조금 나눠 갖고 싶었던 것뿐이다. 아주 작은 부분이라도 오로지 자기만을 위한 몫을. 그리고 자기도 아니나를 위한 반짝임을 언제나 간직하겠다고 마음먹었다. 문이 있든 없든 상관없이.

다음 날 아침, 집에서 나온 구스타프는 뭔가 달라졌다는 걸 깨달았다. 한여름이 늦여름으로 바뀐 것이다. 부드러운 바람이 팔을 스치고 지나가자 오슬오슬 소름이 돋았다.

문이 주머니에 손을 넣은 채 집 앞에 서 있었다. 구스타프를 보고 미소를 지었다. 구스타프도 저절로 웃음이 나왔다.

"이리 와 봐. 보여 줄 게 있어."

문이 모래가 오줌을 싸던 벽이 있는 쪽으로 걸어가자 구스타프도 뒤를 따랐다. 문이 벽 바로 앞에 섰다. 그곳에 커다란 글씨로 이렇게 쓰여 있었다.

모래가 오줌 싸던 곳

구스타프의 손과 문의 손은 아주 가까이 붙어 있었다. 문의 손은 따뜻하고 촉촉했다. 둘의 손바닥이 닿은 자리가 매직 껌 속의 사탕 조각처럼 작게 바스락거렸다.

사랑이 반짝

첫판 1쇄 펴낸날 2020년 11월 23일
2쇄 펴낸날 2021년 5월 25일

지은이 라라 쉬츠작 **옮긴이** 전은경
펴낸이 박창희
편집 김수진 이민주 **디자인** 권은숙
마케팅 이상민 **회계** 양여진

펴낸곳 (주)라임
출판등록 2013년 8월 8일 제 406-2013-000091호
주소 경기도 파주시 회동길 57-9, 우편번호 10881
전화 031) 955-1820, 1821 **팩스** 031) 955-1825
이메일 lime@limebook.co.kr **인스타그램** @lime_pub

ISBN 979-11-89208-66-0 44850
979-11-951893-0-4 (세트)

* 잘못된 책은 구입하신 서점에서 바꾸어 드립니다.
* 본서의 반품 기한은 2026년 5월 31일까지입니다.